張曼娟
・奇幻學堂・

我家有個風火輪

張曼娟——策劃・撰寫
周瑞萍——繪圖

十年一瞬間——學堂系列新版總序

張曼娟

常常在演講的時候，遇見一些年輕的讀者，他們從容自在的聆聽，意會的頷首，耐心等待著我為他們的書簽名，而後，像是要傾訴一個祕密那樣的靠近我，微笑著對我說：「曼娟老師，我是讀著【○○學堂】長大的。」【奇幻學堂】、【成語學堂】或是【唐詩學堂】就這樣被說出來，說的時候，帶著對於童年與成長的溫柔依戀。

啊！這一批孩子們已經長大了啊，他們看起來，都是很好的成年人了。也許不是念文學相關科系的，可是，他們一直保持著對於文字的敏感度，對於人情世故的理解。

「老師什麼時候要為我們這些小孩子寫書呢？」到現在，我依然能聽見最

初提出這個請求的那個女孩，對我說話的聲音。

而我確實是呼應了她的願望，開始創作並企劃一個又一個學堂系列。

以【奇幻學堂】為起點，我和幾位優秀的創作者：張維中、孫梓評、高培耘與黃羿瓅反覆的開會討論著，除了將古代經典的寶庫傳承給孩子，更想與他們一同走在成長的路上，不管是喜悅或失落；不管是相聚與離別，都是生命的課題，都那麼貴重，應該要被了解著、陪伴著，成為孩子心靈中恆常的暖色調。

這樣的發想和作品，獲得了許多家長、老師的認同，更令我們感到欣喜莫名的是，孩子們的真心喜愛。於是，接著而來的【成語學堂Ⅰ】、【成語學堂Ⅱ】和【唐詩學堂】也都獲得了熱烈回響。

十年之後，那個最初提議的女孩，化成許多個大孩子與小孩子，來到我的面前，與我微笑相認。讓我們知道，當初不只是古典新詮，更是探討孩子成長中各種情境的系列作品，有著這樣深刻的意義。

也是在演講的時候，常有家長詢問：「我的孩子考數學，演算題全對，但是一到應用題就完蛋了，他根本看不懂題目呀。到底該怎麼辦？」這是發生在許多成績優秀的孩子身上的悲劇。

「中文力」不僅能提升國語文程度，而是提升一切學科的基礎，這已經是陳腔濫調了。中文力，不僅是閱讀力，還有理解力與表達力。能不能看懂考題，在考試時拿高分，固然重要。然而，更大的隱憂卻是，應付考試，得到高分的歲月，只占了短短幾年，孩子們未來長長的人生，假若沒有足夠的理解與表達能力，他們將如何面對社會激烈的競爭？如何與他人建立良好的人際關係？這樣的擔憂與期望，才是我們十年來投入許多心血與時間，為孩子創作的初衷。

我們感知到孩子無邊無際的想像力，在成長中不斷消失，於是創作了【奇幻學堂】；察覺到孩子對成語的無感，只是機械式的運用，於是創作了【成語學堂】；發現到孩子對於美感和情感的領受，變得浮誇而淺薄，於是

創作了【唐詩學堂】。

十年，彷彿只在一瞬之間，許多孩子長大了，許多孩子正在成長，我們仍在創作的路上，以珍愛的心情，成為孩子最知心的陪伴。

目次

序

創作緣起

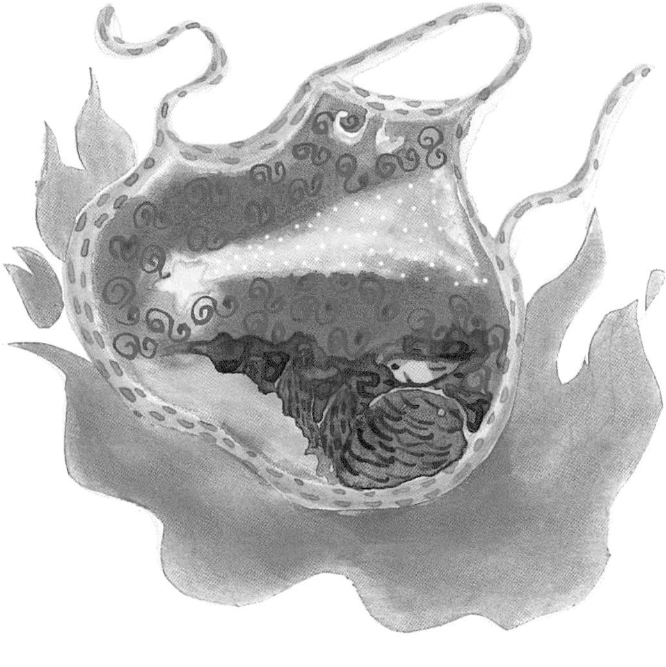

把故事還給孩子

張曼娟

當我們還沒看過哈利波特；還不認識神隱少女；還不知道魔戒的威力的時候，孩子們都聽什麼故事呢？

當我只是個小孩子，家裡並沒有什麼課外讀物，可是，夏天搖著扇子的晚上，大人一邊拍打蚊子，一邊對我們說起牛郎織女的故事；冬天圍在暖烘烘的棉被裡，腳趾頭抵著腳趾頭，緊張兮兮的聆聽目蓮下十八層地獄救母的故事。一個又一個故事，神奇的、魔法的、天上地下，充滿想像力，灌溉著我們日漸伸展的四肢與軀幹。

然後，某一天，我聽見了三太子李哪吒的風火輪劃過天際，聽見他在河邊戲水，與龍王三太子大鬥法，竟然抽出龍筋的英勇事蹟。哪吒的火尖槍和乾坤圈，是那麼炫奇；他死後變為蓮花身返回人世，是如此異樣。

最最重要的是，他只是個小孩子，和我一樣。

一個小孩子，可以大鬧天庭，把龍王整得七葷八素，這麼高強的本領，這麼叛逆的性格，都教我們興奮得不得了。

我們慢慢長大，電視進入每一個家庭，一個按鍵，就喚來動畫。日本動畫是孩子最好的陪伴，從「小甜甜」、「無敵鐵金剛」到「哆啦A夢」……伴著我們一代又一代，成為生命中的主題曲。

哪吒到哪裡去了呢？

我們的孩子該有怎樣的冒險？

那一年，看完「神隱少女」，從戲院中走出來，站在西門町街頭，心頭還縈繞著感動，同時，卻也有些悵然若失。同樣是東方，同樣擁有自己的傳說和傳統，我們的少女又該有怎樣的冒險呢？如果不走進泡溫泉的湯屋，

她該走到哪裡去呢？如果沒有遇見湯婆婆，她也許會遇見鐵扇公主，那麼，又會發生什麼樣的故事呢？我怔怔的想著，綠燈忽然亮起，就這樣被過馬路的人潮推擠，到了對岸。過了馬路，其他的事吸引我的注意，這惆悵也就扔過一旁了。

接著，我看見身邊的大朋友、小朋友，人手一本《哈利波特》，津津有味的閱讀著。捷運上，教室裡，這法力確實無邊，收服了所有人。

我念小學的姪兒，總是催著我問新一集的《哈利波特》出來沒有？我告訴他，得等一等，還要翻譯啊。他於是抗議了：「奇幻故事這麼好看，我們為什麼沒有中文的書？都要看外國人的？」

這質問讓我一時之間，無法作答。

找回屬於孩子的奇幻與魔力

我很想告訴他，我們在許多許多年前，古時候就有很多好看的奇幻故事了，只是，你們都不熟悉，都不了解。但是，他們為什麼不熟悉、不了解呢？這些奇幻故事，是我們的祖先留給孩子的瑰寶，我們曾經是保管人，保管並且享用，然後，應該交給我們的孩子。然而，這些豐富有趣的故事，自我們之後，彷彿便已失傳。我們顯然剝奪了孩子的繼承權，令他們失去了寶藏的，難道竟是我們嗎？

我感到了急迫與焦慮，感到一切都要來不及。

作為一個創作出版超過二十年的作家，我知道，要消解這樣的不安，唯有寫作。要把奇幻與魔力找回來，才能完好無缺的交付給我們的孩子。【張曼娟奇幻學堂】的童書工程，就是這麼開始的。

我們選擇了四個不同風格的奇幻故事，從唐代的〈杜子春〉、明代的《封

神演義》、《西遊記》到清代的《鏡花緣》，各挑出一個主要人物，成為奇幻冒險故事的主角，重新改寫，讓孩子在閱讀的時候，完全忘記他們讀的是幾百年或千年以上的老故事。這些嶄新的故事，令人目不暇給，節奏感快速，感覺更現代，而在一個雲霄飛車似的轉折之後，滿懷著深深的感動。

《封神演義》的哪吒

《我家有個風火輪》，哪吒是個巨嬰，生下來便神力無限，這故事還能有什麼新的發展呢？我送給哪吒一個姊姊，花蕊般小巧、纖細而柔弱的姊姊，當我在讀經讀詩和寫作的「張曼娟小學堂」上課，發現小朋友們最焦慮的就是：「如果長不高怎麼辦？」大人總是安慰孩子：「等你長大就會長高嘍。」事實上，並不是所有的孩子長大之後，都會變成高個子。我們給孩子一個虛妄的希望，再讓這希望落空，未必是一件好事。於是，我創造了一

個矮小的姊姊花蕊兒，與身形巨大、本領高強的哪吒做對比。

花蕊兒，她看起來什麼本事也沒有，可是，她能敏感的體會愛。她能感受愛，也能付出愛，她以自己小小的身子護衛弟弟，堅強的意志力感動了巨鵬與逼水獸，是她纖細的小手，從冥界將哪吒牽引返回人間，滿身蓮花香。

我是這樣對花蕊兒說的：「長得高不高不要緊，身體只是一個罐子，罐子裡面的東西才重要。」

《唐傳奇》的杜子春

《火裡來，水裡去》，是唐朝傳奇〈杜子春〉改寫的，這是一個試煉意志力的故事，也是個測試恐懼感的故事。每個孩子都有懼怕的事物，當我們對孩子說：「不要怕啊！沒什麼好怕的。」不妨也想想我們的恐懼。長成

大人的我們，也不可能無憂無懼啊，更何況是小孩子。那麼，就讓我們面對面的把恐懼看個清楚吧。

童年杜子春怕的是火蟻，因為他小時候曾經被火舌貪婪的吞噬，這被火焚燒的記憶已經淡忘，恐懼卻如影隨形。子春在那場大火中，失去了母親，也失去了真相，他在謊言中成長，成為一個偏執的少年和青年，直到家產揮霍殆盡，遇見一個賑濟他的老人，一切才有了轉機。老人三番兩次贈送子春巨款，他為了知恩圖報，答應為修道的老人看守丹爐。「不管看見了什麼，都是幻象，絕不能發出聲音，否則就會功虧一簣了！」

杜子春面對各式各樣的挑戰，恐懼的極限，他都咬牙撐過去了。直到轉世投胎成為女人，生了孩子變為母親，那一個關卡，怎麼也過不去。我會對淚流滿面的杜子春說：「父母對孩子的愛，是不可思議的，我們只得順從這強烈的情感。」

《西遊記》的孫悟空

《看我七十二變》，孫悟空啊，這石頭裡蹦出來的猴子，大鬧天庭無敵手，駕著筋斗雲，一衝十萬八千里。當一個唯我獨尊的美猴王，該有多麼快活？他為什麼竟心甘情願的成為唐三藏的大弟子，護著師父西方取經去？每當我看見唐三藏唸起緊箍咒，悟空疼得滿地打滾，總是覺得好不忍心。

在我們新編的故事中，唐僧與悟空不只是師徒，原來還是親兄弟。上一輩子，悟空乃是個粗心大意的哥哥，唐僧卻是崇拜著哥哥的弟弟，成天跟在哥哥身後，不管換來的是怎樣的冷漠與不耐煩，都無所謂。為了救親愛的哥哥，弟弟犧牲了自己的性命。這一輩子，悟空不管被唐僧如何誤解、怒罵、斥逐，都不離不棄，誰為兄？誰是弟？都不重要，重要的是，在前往西方的道路上，只要我們同在一起，每跨出一步，都充滿力量。

《鏡花緣》的唐小山

《花開了》，是《鏡花緣》的再創造。那是在清代最封鎖閉塞的年頭，卻有這樣充滿想像力的探險，在二十一世紀看來，仍適合蠱惑我們的孩子。這故事當然要由孩子領銜演出，那麼，就設定為唐小山和唐大海吧。這一對姊弟，姊姊不是一般的女生，弟弟也不是一般的男生。「我是個男生，可是，我跟別的男生不太一樣，怎麼辦呢？」我常會聽見孩子這麼問，也會看見父母親擔憂的眼神。不一樣就不一樣吧，有什麼關係呢？誰說男生一定要酷愛運動？女生非得斯斯文文呢？

小山姊姊武功高強，膽識非凡，她被揀選了，成為遊歷四海的姑娘；大海弟弟喜歡種花，體貼溫柔，他被揀選了，守護著家園，奉養著母親。每個孩子生在這個世界上，都有他的使命與作用的啊。我們不該執迷於自己的期望，我們該做的是歡喜成全，讓他們長成健全快樂的成年人。

敲響奇幻學堂的鐘聲

這四個故事，各有不同的風格，我與三位年輕優秀的作家——高培耘、孫梓評、張維中——花了一年多的時間，一起挑選、反覆討論，終於完成。四部作品完稿的那一天，恰好經過西門町，依舊是潮水似的人群，等著過馬路，而我站立在人群中，感覺心安理得。

【張曼娟奇幻學堂】的鐘聲敲響了，故事振動著想像的翅膀，帶領孩子飛進充滿香氣與歡樂的世界。

把飛鳥還給天空，天空便有了生命。

把故事還給孩子，孩子便有了魔力。

謹識於二〇〇六年九月二十八日教師節

人物榜

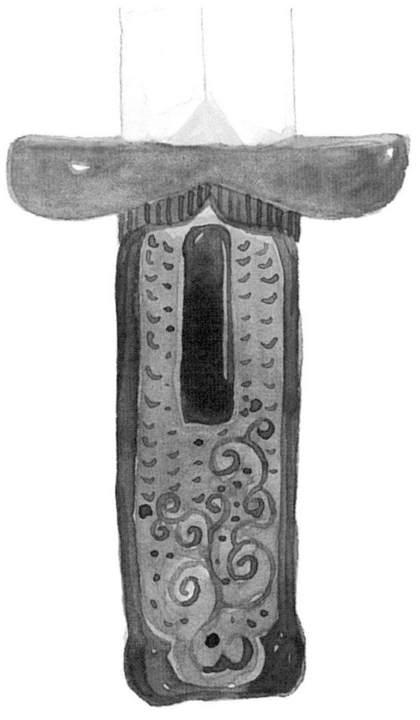

正榜

花蕊兒

這是《封神演義》裡沒有的角色，一個全新創造的人物。花蕊兒是哪吒的姊姊，身形非常纖小，就像個花蕊一般，故名「花蕊兒」。與弟弟哪吒感情很好，形影不離，是這個故事的主述者。她的心腸就像母親殷碧波一樣柔軟，喜歡照顧受傷的小動物，在她的珍奇園裡，都是哥哥們幫她撿回來、受傷的飛禽走獸。她和母親研究出草藥救治這些小動物。哪吒就是為了救她才打死了龍王三太子。哪吒死後的神廟被李靖燒燬，花蕊兒背著哪吒的神像一路上山，歷經許多艱辛折磨，懇求哪吒的師父太乙真人用蓮花拼出哪吒，重返人間。她是一個充滿「愛」，也最懂得「愛」的人，雖然是個小小的姑娘，卻是個扭轉大局的關鍵人物。

哪吒

一生下來就帶有「乾坤圈」與「混天綾」，他有法術，自己卻不知曉，也不會運用。個性莽撞衝動，喜歡打抱不平，與母親和姊姊的感情最好，卻也崇拜父親李靖。打死龍王三太子，抽了龍筋，一心一意要編成龍筋絛，給父親束盔甲。可惜，他的父親只看見他惹是生非，卻沒看見他的感情。他最後在父親面前「割肉還母，剔骨還父」，與父親割斷父子緣。他死後，託夢姊姊花蕊兒請母親在山上建「行宮」，成了神仙。父親為了破除迷信，憤怒焚燒了他的廟，引發父子間的激烈爭戰。

李靖

陳塘關守將。年輕時曾學過法術，因為資質不佳，只得在人間當將軍。但是，修習法術，高來高去，始終是他最狂熱的夢想。他最精通的就是土遁之術，也就是像土撥鼠一樣的挖地道，鑽來鑽去，雖然愈挖愈快，仍是不可避免的灰頭土臉。他和美麗的妻子育有三兒一女，三個兒子的資質都比他好，尤其是不服管教、生性狂蕩的小兒子哪吒，為他惹了許多麻煩。李靖和哪吒溝通不良，弄到後來反目成仇，甚至性命相搏。李靖是個典型的「恨鐵不成鋼」的父親，又不知道如何表達心中的感情，但是，他最怕妻子掉眼淚。

殷碧波

李靖的妻子。愛花、愛動物，是一個浪漫善良的女人。如果說李靖是實際派，那麼，她就是百分之百的浪漫派。她可以從每一件事情找到希望和樂觀的角度。很疼愛四個孩子，尤其是小巧貼心的女兒，更是她的掌上明珠。對於常常闖禍的哪吒也很寵溺，因為她懷胎三年六個月才生下這個兒子，總覺得和這孩子更親近些。為了對哪吒的管教方式不同，她和丈夫李靖有時會有爭執，只要她一掉眼淚，丈夫就舉起雙手投降了，正是以柔克剛的代表人物。

敖光

東海龍王。哪吒殺死了他的三兒子，使他悲憤莫名，去李靖家理論，叫他們把哪吒交出來。殷碧波護子心切，自然不肯，敖光便要往天庭去告狀。哪吒為了父親去懇求他，不料又生枝節，出手將敖光痛打一頓，還拔下他的鱗片來。受此羞辱的敖光找來另外三位龍王，四人一起挾李靖夫婦前往天庭，逼得哪吒割肉還母，剔骨還父。

太乙真人

哪吒的師父。他堅持要讓渾身好本領的哪吒學會「愛」這件事。可惜哪吒表達愛的時機總是不恰當。他看見小小的花蕊兒不畏艱難，把燒壞的哪吒背上山來，便出手相救，給了哪吒蓮花身。當哪吒與李靖父子相鬥，最緊要的關頭，也是他施行法術，讓他們父子發現彼此相愛的事實。

副榜

敖丙

東海龍王敖光的三太子。因為哪吒在河中洗澡，引起龍宮大地震，又見哪吒殺了夜叉，憤而找哪吒理論。他為了讓哪吒屈服，便擄走了花蕊兒，這一來惹得哪吒火冒三丈，失手打死了他，還抽下他的筋要送給父親。

李無貌

巡海夜叉。樣貌極醜，拿一柄巨斧，為東海龍王的御前侍衛，和哪吒發生衝突，揮斧砍哪吒，反而被乾坤圈震飛，死在自己斧下。

金吒

李靖的長子。個性比較穩重，對於暴躁的小弟哪吒，有點看不順眼。離家好幾年，在外地學法術。父親與小弟哪吒性命相拚，母親便召喚他和二弟回家相勸，然而，他們也站在父親那邊與哪吒開戰。

木吒

李靖的次子。古靈精怪，對於哪吒也是不以為然的。他和哥哥金吒一同離家在外，拜師學法術。

平頭嬤嬤

從小專帶花蕊兒和哪吒的保母，和主人家情感深厚。她的平頭造型很特別，有點預卜先知的本事。對於花蕊兒和哪吒很疼愛，可是，她很難克服愛睡午覺的習慣。她的名言是：「不是一家人，不進一家門。」

枴子嬤嬤

從小帶金吒、木吒的保母，負責管家，她隨身帶個一根枴杖，看見不認真工作的僕人，便施展枴子功。她最愛跟人打賭，尤其是和平頭嬤嬤打賭，頗有「不是冤家不聚頭」的感覺。

楔子

我的家庭真奇怪……

每個小孩子都會唱「我的家庭真可愛」，可是，我卻總是不知不覺的唱成：「我的家庭真奇怪」。

我的家庭真的挺奇怪的。

先從我爹爹說起吧。我爹是個大將軍，大名鼎鼎的陳塘關總兵李靖，手底下有著一萬多個官兵呢。每當他一出現，那些排列整齊如同螞蟻般的軍陣，全部大聲呼喊著：「威武大將軍！得勝大將軍！」聲音穿透雲霄，我可以感覺到天地都震動起來了。

這麼神氣的爹爹，回家的方式卻往往嚇我一跳。他不是騎著馬回來的，也不是跑著步回來的，而是猛一下子從地下鑽出來的，就像超大隻的蚯蚓那樣，咕嚕咕嚕，灰頭土臉的從地下鑽著洞爬出來。而且，每次鑽出來的地方都不一樣，有時候是從大廳的桌子底下鑽出來的；有時候從晒衣場鑽出來；有時候從花園的玫瑰苗圃鑽出來——這時候他最緊張了，一身土，趴在地上，趕緊把那些被刨出來的玫瑰幼苗塞進土裡去。

「爹爹！你又算錯方位啦？」我在一旁問。

「是啊！真是的。本來應該從你娘房裡出來的，想給她一個驚喜。這下好了，把她的玫瑰給毀了！」

「這是娘新培育的品種喔，叫做寒玉玫瑰。」我惋惜的說。

「小花蕊啊。你乖，別告訴你娘，啊？」爹的汗從額頭滾落而下。

我連忙用力點頭，保證絕不會告訴我娘的。

為了不讓爹爹尷尬，我轉身去找哥哥了。

因為放暑假的關係，金吒哥哥和木吒哥哥都回到家，家裡熱鬧多了。

我三步併作兩步，跑向「藏經閣」，這是哥哥們用功的書房，裡面有爹爹的幾萬冊藏書，在門外就可以聽見翻書聲，呼啦呼啦的，哥哥們真用功。

我推開門，停住了呼吸……

數不清有多少書，在書房中間翻飛旋轉，每本書翻動著扉頁，就像是揮動著翅膀的小鳥。書房的左邊，是大哥金吒，他停在半空中，讀著手上

的一本《山海經》，一邊作出手勢，用飛書陣阻擋書房右邊的二哥木吒。二哥悠閒的坐在書桌前，手上拿一本《降妖符》，臉上帶著促狹的笑容，對我眨了眨眼睛，輕聲說：

「大哥賴皮，那本書明明是我先找到的。小蕊兒，看著你二哥的本事喔！」

二哥閉上眼睛，口中唸唸有詞，我感覺到一陣風，把我毛茸茸的細髮飄起來，一瞬間，正在飛翔旋轉的書，好像忽然從夢中醒來，發現它們並不是飛鳥，急速墜落，全落下了地面。

灰塵飛揚中，大哥輕盈的降落，把手中的書闔上，我看見封面寫的是《降妖符》。不用想也知道，《山海經》已經換到了二哥手上了。

又來了！他們倆上次把門口的石獅子擺弄在半空中，飄來飄去的，這次遭殃的是書房，我才不想幫他們料理滿地的書呢。

我穿過鏡廊去找娘，這條長廊一邊是玉蘭樹，一邊是銅鏡，走在廊上

的人都會不自覺的抬頭挺胸、吸小腹，就像走臺步的模特兒一樣。可是，我從鏡廊走過，卻看不見鏡子裡的自己。當然，如果用力跳起來的話，還是可以看見的，只是，誰走路能一直蹦蹦跳跳呢？好吧好吧，我必須承認，我的個子實在太小了。

我的個子很小。

我娘說，就像一朵放在掌上的玫瑰花心，所以，她喚我花蕊兒。我知道別的女孩子就算是個子小一點，也不會像我這麼小。我真的是太小了，大概從三歲以後，就沒再長高了。我是個八歲的小姑娘，卻只有三歲的個子。

我一直夢想，等我長大一點、長高一點，就可以跟著兩個哥哥五湖四海到處遊蕩，還可以跟著他們上山拜師學藝去。這願望一直沒有實現。哥哥們每次回家，都跟我講他們一路上遇見的奇聞趣事，我聽著笑著，心裡卻覺得愈來愈寂寞。

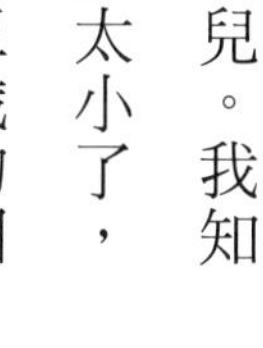

寂寞的感覺啊，就像是一朵小花，好不容易在奼紫嫣紅的花園裡開放了，它熬過了冬天的冰雪，從春天的土壤中掙出頭來，避過了貪吃的雀鳥，千辛萬苦的，才終於開出一朵美麗的花。

可是，它開出的卻是綠色的花。

那些紅色的、粉色的、紫色的花，爭奇鬥豔，吸引著賞花人的注意，偏偏沒有人看見這朵綠色的小花。不管它開得多麼努力，好像都沒有意義。

其實，我並不像綠色小花啦。因為，從爹爹到哥哥們，都很注意我，也很寵愛我。特別是我娘。

我娘是全天下最好心、最美麗的女人。不只是我這麼覺得，我爹也這麼說。如果你不信，可以去問我哥哥，他們說走遍天下，沒見過一個女人像我娘這麼好的。娘在「花藥坊」裡培育新的花卉和藥材，她的身上整天飄散著花藥的清馨芳香。

「娘！」我推開「花藥坊」的門，那是爹爹為娘建造的琉璃天光房，太陽

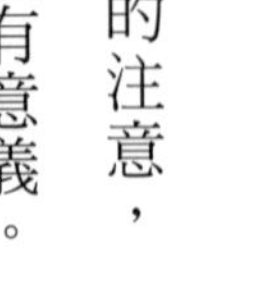

光透過綠色的藤蔓植物，柔和的照進來。藥爐上正煎著草藥，微腥的氣味充滿在空氣中。

「是小蕊兒啊？瞧！這是你的玉蝴蝶。」

隨著娘的話音，一隻好大的玉蝴蝶翩翩飛起來，落在我的肩上。我「咯咯」的笑起來，跌坐地下，快樂極了。這隻玉蝴蝶被山谷裡的老鴉啄斷了一邊翅膀，落在花園裡，我捧著牠來求娘醫治。那時候，玉蝴蝶已經奄奄一息，看起來像活不成了。沒想到娘真的把牠救活了，怪不得家裡的人都稱娘是活菩薩。

「謝謝娘！謝謝娘！」我疊聲的喊著。

「帶牠回你的奇珍園裡休養一段時間，就能完全復元啦。」娘轉頭望著我，微笑的說。

她穿了一件藕色的拖地長衫，長頭髮整齊的束在頂上，成為一朵蓮花的形狀。屋頂垂掛著一束束她新栽培的鴛鴦百合，站在那些百合花下的娘，

美得像個神仙，我一時之間實在想不出，她有什麼奇怪的地方了。
娘緩緩轉過身，我看見了她的大肚子。好大好大的肚子啊。我的娘已經懷孕三年六個月了。誰的娘懷孕三年六個月，還不生的啊？
「看見你爹沒有？」娘問：「他該回來了啊。」
你說，我的家庭奇怪不奇怪？

第一回

三年六個月

我一直沒什麼朋友，和我年齡差不多的孩子，都不喜歡同我玩。

「花蕊兒那麼小，躲迷藏的時候，誰也找不到她，多沒意思。」他們說。

玩捉迷藏的時候，他們找不到我，就放棄了，接著玩下一輪。我只好無趣的走出來，看著他們玩。

「躲遠點，花蕊兒！當心踩到你啦！」他們嫌我礙事。

我不得不走得更遠一些。

看見娘的肚子漸漸隆起來的時候，最開心的就是我啦。帶我的平頭嬤嬤說：「太好了，小蕊兒。你娘要生個弟弟陪你玩兒啦。」

我知道平頭嬤嬤有點未卜先知的本事，但是，這次我有自己的想法：「我想要個妹妹。家裡已經有兩個男生啦，我想有個妹妹陪我玩，她不會嫌我個子小。說不定，她也跟我一樣，小小的個子呢。」

平頭嬤嬤看著我的表情有點為難，好像我說的都是不可能的事。過了半天，她才妥協了似的，把我抱起來，放在桌上，說：

「弟弟還是妹妹都不要緊。要緊的是，要對小蕊兒很好，要能愛護你、照顧你，這才是最重要的。是吧？」

「嗯。」我也妥協了：「不管是弟弟還是妹妹，我都會好好愛護他的。」

「真是個好孩子。」平頭嬤嬤用力把我按進懷裡，害我差點不能呼吸。

誰也沒想到，這一等，竟然等了三年，又等了六個月。

我有時候覺得好害怕，娘的肚子這麼大，會不會有一天突然爆炸？已經等了這麼久，會不會永遠都生不出來了？我簡直想不起來，娘肚子不大的時候是什麼樣子的？她的腰肢細細小小的，跳起舞來婀娜多姿，那會是什麼樣子呢？

平頭嬤嬤說：「這孩子真是讓你娘吃苦了。只怕生下來還要吃更多苦。」

「吃什麼苦？」我問。

平頭嬤嬤嘆了口氣，沒有說話。

就在玉蝴蝶翩翩飛起那天，吃過晚飯之後，爹爹和娘在花園的亭子裡乘涼。我本來想偷偷的溜過去嚇他們一跳，但是，一聽見爹的聲音，反而嚇了我一跳。

「妖孽！我說他就是個妖孽！」

「靖哥！你別這麼說，這是你的親骨肉啊。」娘的聲音很少這麼氣急敗壞的。

「不行！碧波。我仔細考慮過了，這孩子不能要。咱們不生了！」

「你說什麼？」娘的聲音顫抖。

「我知道你有很多靈藥，你一定有辦法，不讓孩子生下來……」

「不要再說了！這是我的孩子，就算你不要他，我也要他。他天天在我的身體裡面轉啊轉的，踢啊打啊的，我知道他是個健康活潑的孩子。」

「已經三年六個月了啊。也許，也許孩子早就不會動了，一切都只是你的幻覺……」

「你過來。」娘溫柔的說：「靖哥。你過來摸一摸……感覺到了嗎？你摸他，他也摸你，這可不是幻覺。他知道是爹爹，你……怎麼忍心呢？」

爹安靜了片刻，嘆息了一聲：「好吧。我聽你的，可是，我真不忍心你再受苦了。」

爹忽然清了清喉嚨，訓話似的提高嗓門：「我說，這孩子！你要是真當我是你爹，你就趕緊出來拜見你爹，不准賴在你娘肚子裡。否則，你就是個不孝子！聽見沒有？啊？」

我摀住嘴，很怕爹娘聽見我的笑聲。

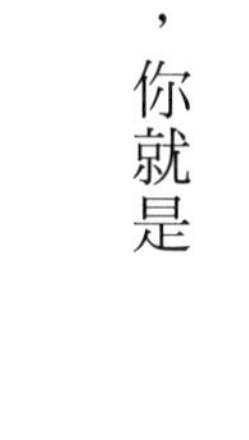

就在這個深夜，氣溫忽然升得很高，好像搬進了幾十個火爐子，燒烤著夏夜的總兵府。我翻了幾個身，跌進夢裡，我看見自己穿著短短的夏衫，蹲在池邊逗魚兒，忽然從屋子裡滾出一個大火球，火焰猛烈，我的眉毛好像都燃燒起來了。我轉身想跑，火球一直追過來，好熱好熱，我跑不動了，跑不動了啊，平頭嬤嬤你在哪裡？救我啊！快來救我啊——

「小蕊兒！」

我從夢中醒來，撲進平頭嬤嬤的懷裡。

「作惡夢啦？太熱了，是吧？瞧你一身汗。今天晚上怎麼這麼熱啊？」

平頭嬤嬤推開一扇窗，我們同時看見，一顆流星，銳利劃開黑暗的天空，墜落進總兵府。

「啊！」

「你娘要生啦！」平頭嬤嬤轉頭對我說，她看起來好興奮。

我們趕去的時候，爹和哥哥們都已經到了。還有平頭嬤嬤的對頭枴子

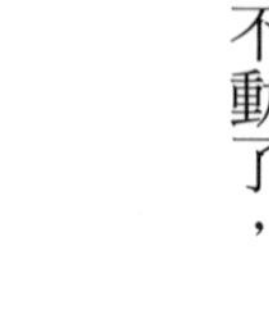

RAE.06

嬤嬤，也撐著她的枴杖趕來了。枴子嬤嬤是以前照顧兩個哥哥的保母，兩個哥哥都長大了，她就變成了管家，如果有人偷懶，她就用枴子功教訓，自從有她管家之後，家裡就井井有條了。

「嘿嘿！你賭輸啦！我就說夫人這兩天要生吧。」平頭嬤嬤湊過去對枴子嬤嬤說。

「哼！你知道什麼？還沒生下來呢。沒瞧見孩子，你不算贏！我也不算輸！」

「死鴨子嘴硬！」平頭嬤嬤沒好氣的。

我真不明白，她們倆為什麼一見面就要打賭，賭完了又要鬥嘴。

爹爹看起來好擔心，雙手背在背後，來來回回的踱著步子。

「不會有事的，爹。」大哥走過去安慰爹。

「不能有事！」爹用力的反握住大哥的手：「絕不可以有事。」

接生婆婆忽然破門而出，披頭散髮的喊叫著：

「怪物啊！大人！有怪物啊——」

在那洞開的房間裡，我們都看見了，一顆通體紅光、滴溜溜轉個不停的球體。

爹爹不假思索的大喝一聲，拔出腰間的寶劍，飛刺而出，光芒乍現，刺痛了我們的眼睛。

球體剖開，一個嬰兒旋轉著，飛進了娘的懷抱。

平頭嬤嬤說得對，確實是個弟弟，這就是我的弟弟哪吒出生的經過。

不用懷疑，他當然也是個夠奇怪的小孩。

「不是一家人，不進一家門。」平頭嬤嬤的名言。

哪吒就像是要彌補我的不足一樣，長得又大又快。他只有兩、三個月

的時候，我還能勉強拖抱著他，在花園裡看花，爹和娘看見我們倆總是笑個不停說：「小貓拖隻大耗子。」

哪吒半歲的時候，他的身高已經超過我了，雖然還是一個嬰孩的樣子，卻成天跑來跑去，我只能跟在他後面追。他向爹爹討了一把黃金小弓箭，第一箭就把柺子嬤嬤的髮髻射穿了，害她的半邊頭髮落下來，遮住眼睛。柺子嬤嬤不知道遭了誰的暗算，怒氣沖沖跑來，可把平頭嬤嬤樂壞了。

「柺子啊！我早說你的髮型該換一換，像我的平頭，多清爽。」

「原來是你！教唆小主人使壞啊你！」柺子嬤嬤的柺子扔不出去，氣得咬牙切齒。

哪吒呢？他早就歡天喜地跑到別的地方玩了。

我看見爹爹的臉色有些暗沉。柺子嬤嬤距離我們很遠哪。起碼有幾百米，小哪吒怎麼能射得這麼遠？

於是，爹爹滿懷心事的去找娘了。

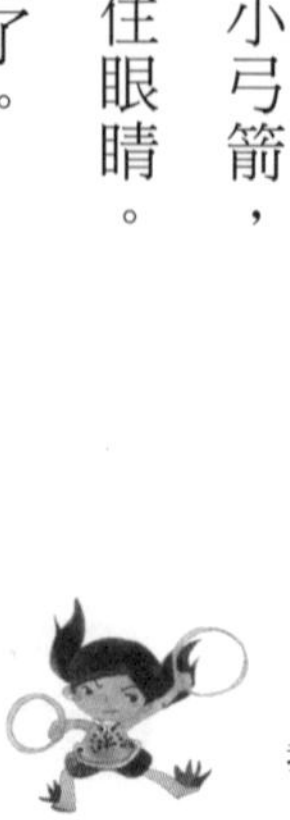

「他的兩個哥哥，不也是很有本領？」娘正忙著把搗好的藥敷在骨折的兔子腿上。

「那可不同。他比起哥哥，比起我啊，都還要更……更……」

「虎父無犬子啊。這就是『青出於藍，更勝於藍』嘛。」

爹爹聽了這話，心情明顯變好了。

「那倒是。那倒是……」

「我會好好約束他的。你的公務已經夠忙夠累的了，別為這些事煩心。」

娘輕聲細語的，安慰了爹爹。

爹爹離開之後，娘叫我把哪吒喚來。他一會兒就跑來了，總是穿著那件紅色的肚兜，生下來的時候，他就穿著的，若給他脫下來，他便哭個不停，一穿上就笑了。有一次，他告訴我，這是他的「混天綾」。至於他雪白的手腕上生來便套著的黃金鐲，也有個名字，叫做「乾坤圈」。

「你做了什麼事呀？」娘問。

「沒做什麼！」哪吒仰頭望著娘，笑嘻嘻的。他的臉上脣紅齒白，雙眼炯炯發亮，笑起來那麼可愛，讓人忍不住想要親一下。

「楞子嬤嬤差點被你射傷了，還說沒做什麼？」娘的臉色凝重了。

「我不是故意的，我只想試試我的弓箭嘛。」

「還強辯？你犯了錯，一點也不悔改！」

哪吒低下頭，不作聲，一顆圓滾滾的淚珠跌在他的混天綾上。

娘有些意外，和平頭嬤嬤對看了一眼。

「你別怕。娘不會處罰你的。」

「我不怕。」哪吒揉了揉鼻頭，一顆淚珠掛在鼓鼓的臉頰上，「我覺得傷心。」

「你傷心什麼呢？」平頭嬤嬤也覺得奇怪了。

「我惹我娘生氣了。我很傷心！」哪吒用手臂抹去臉上的淚。

一瞬間，娘就被融化了。她向哪吒伸出手，哪吒立刻奔進她的懷裡。

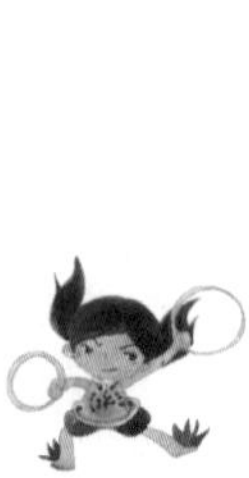

「傻孩子，娘不生氣。你也不傷心。哦？」

同時，娘也伸出手望著我，我走上前擁住娘。

「小蕊兒。你怎麼也哭啦？」娘親親我的頭頂。

這時候我才發現自己也掉眼淚了。哪吒一邊擦他自己的淚，一邊幫我擦眼淚。

「你們都是娘的心肝寶貝。要乖乖聽話喔。」

我知道我和哪吒都很愛娘，也想聽娘的話，可是，有些誘惑真的很難抗拒。

總兵府外面的世界，到底是怎麼樣的呢？

「你從來沒去過外面？」哪吒睜大眼睛看著我。

「娘說我這麼小，出門去太危險了。」

「你一個人出門可能很危險，可是，如果有我陪著你，那就沒危險啦！」

「不行啦！」

「為什麼不行？你看，我跑得這麼快，我可以把你藏在混天綾裡面，根本不會被發現啊！」

「娘知道了會生氣的。」

「那倒是。」哪吒在我身邊坐下來，似乎是放棄了。

我應該安心的，可是，我卻感覺有點失望。

「可是，如果娘不知道，她就不會生氣啦！」兩點黑幽幽的光芒，從哪吒大大的眼瞳中竄出來。

我的心跳了一下。

趁著平頭嬤嬤睡午覺，哪吒把我藏在混天綾裡，躍上屋頂，飛快的跑出總兵府。

「姊姊！出來啦。我們去哪兒？」

「我們去看爹爹在做什麼。」

其實，我也不知道要去哪兒，哪吒跑得太快，我的頭都昏了。

咻一下，我們已經到了爹爹的練兵場，伏在城牆上，偷偷看著爹爹騎著他的寶黑駒，抬頭挺胸在練兵場上來回穿梭，幾千個兵士，排列出壯觀的隊形，整齊劃一的動作。

「嘩！爹爹好神氣。」我真想告訴全世界的人，那個將軍就是我爹。

「爹爹的護身甲太舊了，如果有件新的，那就更威武了。」

「聽說爹爹這件還是他師父送他的，是用龍筋紮成的，很牢固呢！」我悄悄跟哪吒說。

那一天，平頭嬤嬤午睡醒來，發現我和哪吒乖乖的睡在她身邊，非常滿意。

她並不知道，我們的祕密探險，已經展開了。

第二回

龍宮地震了

自從楞子嬤嬤被射了一箭之後，爹爹便沒收了哪吒的黃金弓箭，於是哪吒天天嚷著好無聊。我們一直想找機會溜出去玩，偏偏平頭嬤嬤跟楞子嬤嬤打了個奇怪的賭，就是賭她可以連續一百天不睡午覺。

這有什麼好賭的啊？簡直比我和哪吒還無聊。

平頭嬤嬤既然不能睡覺了，就盯著我和哪吒讀書，她為了獎勵哪吒用功，還用彩色的棉布紮出一個五彩軟球。

「這是給我的嗎？」哪吒很喜歡的樣子。

「這是嬤嬤特別為你做的。」

「怎麼沒有我的名字啊？」哪吒翻來覆去的看著。

第二天，平頭嬤嬤就用金色絲線繡上了哪吒的名字。

我們把彩球當成毽子玩，變換各種花樣，用頭頂著，在腳尖傳來傳去。

那天，爹爹的同僚好友和一些拜把兄弟，都來我家，說是要給爹爹慶生。連金吒哥哥和木吒哥哥也回來了。

他們看見哪吒的時候，不約而同的發出驚呼：

「怎麼長這麼大啊？」

「大哥！二哥！我要跟你們去學藝！我也要拜師父學本事！」

「那不行，你還是個小孩子呢！」大哥說。

「你們剛剛還說我好大的啊！」

「個子大沒用的，你還是個娃娃心呢！」二哥皺起眉頭說。

雖然哪吒看見他們好高興，他們卻沒什麼耐心跟他玩，脫身往前廳參加壽筵去了。

哪吒蹲在地上，不開心了。

「怎麼啦？」

「為什麼我們倆不能去吃壽酒啊？」

「我是女孩子，不能去。」

「為什麼女孩子就不能去？不公平！」

「反正我也不想去。」我口是心非的說。

「那我為什麼不能去啊？我又不是女孩子！」

「你還小嘛！」

「我也想給爹爹祝壽啊！」

「好啦好啦！你陪我玩球嘍。」

我把哪吒拉起來，將彩球踢給他。他愣愣的站著，忽然瞪起圓圓的雙眼，鼓起腮幫子，大喝一聲：「去！」

他的腳用力揚起，踢飛了球，我的頭髮全被捲起來，好強的力道，兩旁的樹都彎了腰。那球憤怒的往前颼飛去，我還來不及擔心害怕，已經聽見許多桌椅垮下來，鍋碗盤杓落地粉碎的聲音。

這下慘啦！

爹爹來得好快，他雖然沒有土遁，可是，臉色看起來土土的。手上抓著已經裂開的彩球，塞在裡面的棉花噴吐垂掛出來，看起來可憐兮兮，隨著爹爹的怒氣顫抖。

「這是怎麼回事？」爹瞪著哪吒。

「老爺！這是我做的彩球。是我……」平頭嬤嬤低著頭走上前。

「是誰做的球，我不管！」

「爹。這是我玩的彩球。」這一回輪到我了。

「小蕊兒！這不關你的事。球上寫著名字呢！一人做事一人當！」

「是我的！」哪吒從我身後走出來說：「球是我的，剛剛那一球也是我踢的！」

「哪吒！爹爹的四十大壽，被你毀了！」大哥豎起眉毛。

「滿堂賓客，全被你嚇破了膽，這豈是我們家的待客之道？」二哥也在一旁幫腔。

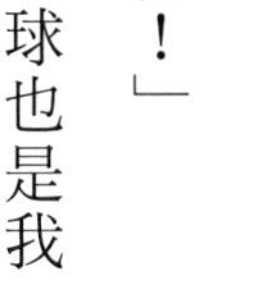

「只是個小布球，有什麼好怕的？這些人沒生膽子吧！」哪吒忍不住回嘴，大家都指責他，讓他好沒面子。

「你們聽聽他說的是什麼話？讓人恥笑我教子無方，連個小孩子都管教不好，怎麼領兵打仗？」

娘直到這時候才趕來，她挽住爹爹說：

「沒事了，靖哥。我已經讓人重新換了酒席，大家都開懷暢飲了，就等你這個壽星了。大喜的日子，和孩子生什麼氣呢？」

「他一天到晚給我闖禍，你是怎麼教的？」

「好了好了，都是我不好。我肯定會嚴加管教的。」

「那時候就說這孩子不能要，你看是不是……」

爹被娘拉著走開了，兩個哥哥也一起回到了前廳。

「原來爹不想要我！」哪吒的眼眶紅了。

「哪是啊？這是你爹說氣話呢！」平頭嬤嬤趕緊安慰哪吒。

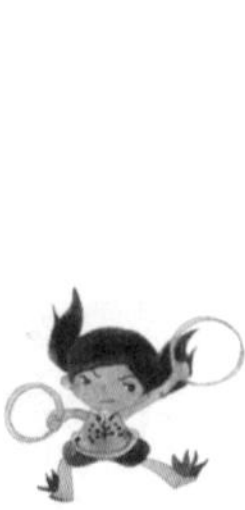

「我只想給爹拜壽嘛！」哪吒抱著膝蓋蹲坐在地上。

「我知道，我知道。」平頭嬤嬤疼惜的說。

平頭嬤嬤知道，我也知道，娘應該也知道，只有爹爹不知道。

* * *

這下子球也沒得玩了，我們覺得更無聊了。

有一天，哪吒神祕兮兮的把我拉到一邊，他的手上全是肥皂泡沫。

「姊姊，你看！」

「這有什麼好看的？」

「你拉一拉！」哪吒指著他的那隻金鐲子。

我用點力一拉，金鐲子就從他的手腕上滑下來了。好沉的一隻鐲子，果然是很特別的寶物。拿在手裡覺得挺柔軟的，好像還有脈搏和氣息，不

只是黃金的顏色，仔細一看，有黑亮的光影在裡面流動著。

「我們來擲乾坤圈玩吧！」哪吒提議。

我用力一擲，好重啊，金鐲子噗一聲跌在地上。

「看我的！」哪吒往上一蹬，乾坤圈擲上了天。

這時候我才明白，在我手裡那只是個普通的金鐲子，到了哪吒手裡，就成了乾坤圈。

「怎麼不見啦？」我抬頭看了半天，脖子都痠了。

「我也不知道。」哪吒也抬頭望著天空。

忽然，我們覺得天陰了。

烏雲聚集得又快又沉，哪吒拉起我的手，往屋裡跑。噹！我們聽見乾坤圈落地。接著，一隻好大的鵬鳥，震動著翅膀，無力的撲倒在庭院裡。

又闖禍啦！

受到無妄之災的鵬鳥，想要抬起牠的頸子，一掙動，鳥喙上溢出血來，

然後便垂下頭，一動也不動了。

「怎麼會這樣啊？」哪吒嚷嚷著。

我跑過去，把手按在鵬鳥軟軟的頸子上，感覺到微弱的跳動。

「快！去叫平頭嬤嬤！叫娘來救命啊！」

這一回，連著三天三夜，娘和平頭嬤嬤都沒闔過眼。

娘真的生了氣，把哪吒好好數落了一頓，罰他跪著，直到大鵬鳥活過來才可以起身。

「這鳥是招了你還是惹了你了？你下這樣的重手，殘害生靈！娘是白疼你了，你這樣做，讓娘好痛心！」

哪吒給娘磕了頭，認了錯。娘還是不讓他起身，他只好直挺挺的跪著。臉上頑皮的神情都沒了，看著鵬鳥大口大口的吐出鮮血來，他急得一身汗。

娘和平頭嬤嬤先用仙鶴草，餵食大鵬鳥，說是可以讓牠活血化瘀，接著又用了乳香和沒藥為牠消腫定痛。我負責熬藥，撐著雙眼不睡覺，看著

娘和平頭嬤嬤身上沾滿鮮血，鮮血乾了，變成深褐色，這時候才知道，原來血的氣味這麼腥衝難聞。

雖然告訴自己要好好看著藥爐，我還是忍不住睏倦睡著了。

似乎是作了一個夢，我夢見自己騎在鵬鳥的背上，鵬鳥平穩的飛行，張開遼闊的翅膀，從積雪的山峰上翱翔而過。原來，外面的世界這麼大。

我真的聽見翅膀振動的聲音啊。並不是在作夢呢，我就要醒過來了，掀掀睫毛，真的，醒來了。

「花藥坊」裡的陽光都被遮蔽了，大鵬鳥正昂揚的梳理牠的毛羽。空氣裡的腥味消失了，只聞到花草的清新。

「對不起啊！鵬鳥大哥，你原諒我啊。我真的不是故意的。」哪吒正在向鵬鳥賠不是。

鵬鳥沒理會他，卻轉頭湊向我，用牠的頭輕輕頂了我一下，又一下。暖暖的頭，好舒服啊，我伸手試著摸摸牠。

「娘！你把牠救活啦。」我笑著對娘說。

平頭嬤嬤開了門，鵬鳥一飛沖天，消失了。

經過這件事，平頭嬤嬤特地為我們去向娘求情，偶爾放我們出去玩玩，整天關在家裡也不是辦法。

「出門之前一定要先跟娘說，只可以在城裡玩，不可以出城去。做得到嗎？」

哪吒一口答應下來，他還答應娘會好好保護我；我也答應娘會好好約束他。

我們終於可以光明正大的踏出家門了。

只是還多了一個跟班：平頭嬤嬤。不過，這也不難，平頭嬤嬤和枴子

嬤嬤的賭期已過，她現在又可以睡午覺了。於是我們就專挑她想睡午覺的時間出門，先走到城邊一個廢棄的酒肆，把那些桌子拼成個大床鋪，哪吒躺下來，好舒服的樣子。

「平頭嬤嬤，這裡真涼爽，為什麼這麼涼爽啊？」

「城外不就是九灣河嗎？河邊的風總是特別涼快啊。」

「那我們就在這兒睡個午覺吧。」哪吒說。

「我也想睡一下。」我接收到哪吒暗示的眼神，便也躺下來，裝作很累的樣子。

「你們倆可不能到處亂跑啊，河裡有妖怪，把你們吃了去！」

「嗯，嗯……」哪吒的鼻孔裡吹出小泡泡，睡得很熟的樣子。

平頭嬤嬤翻了個身，發出鼾聲來。

一陣風似的，哪吒已經把我帶出酒肆，越過城牆，來到九灣河邊。

雖然總兵府裡也有假山和流泉，還有池塘，可是，都不能和這一條深

不見底的碧澈水流相比。

「姊姊，我們游到對面去。」

「我不會游泳啊。你會嗎？」

「這有什麼難的？」哪吒一頭鑽進水裡，像條活潑的鯉魚，打幾個滾，又浮出水面。

我真不懂，為什麼他有這麼多本事。

「好清涼啊。姊姊。我背著你過河，你也淌淌水，多舒服！」

「不行啊，我不敢。」

哪吒聽了，唰一聲上了岸，採來一片大荷葉，摺出船的樣子，讓我坐在上面。

「這樣就不怕啦。我推著你，我們一起渡河。」

我安穩坐在特製的荷葉船上，哪吒像條蛟龍似的，一邊游水一邊把我往前推，低下頭還能看見魚兒在透明的水中游動。

「嘩！有條大魚。」我興奮的指著水裡那條搖頭擺尾的魚。

「河裡有妖怪，把你們吃了去！」哪吒學著平頭嬤嬤說的話，我們笑成一團。

一下子就到了對岸，哪吒氣都不喘的把我從荷葉上拉下來。

「糟了！」我看見他的肚兜，「你的衣裳溼啦。」

「沒關係，這衣裳髒了，趁機會洗一洗吧。」他索性脫下肚兜，擱進水裡晃兩下。

我忽然覺得天搖地動。

「地震啦！」我嚷著。

「有嗎？」哪吒站直身子。

我們停了一會兒，沒什麼動靜。我開始覺得有點不安。

「咱們回去吧，等會兒平頭嬤嬤醒來就不好了。」

「那好吧。」哪吒用力把肚兜甩進河裡，晃盪幾下，我站不穩，跌倒在

岸邊。

大地震得比剛才更嚴重。

原來是他的肚兜，是這個混天綾。

哪吒先是愣了一下，接著大笑起來。

「呼嘍！呼嘍！地震嘍——」他把肚兜再晃進河裡。

「哪吒！」我站不住，大聲喊他：「別鬧啦！」

「何方妖孽作怪？」就像打了一聲響雷似的，前方傳來好大的吼聲。

我摀住雙耳，看見河面上升起的怪物，嚇得退後幾步，不敢呼吸。

怪物渾身青紫，臉上凸出一塊塊的疣，兩隻眼睛紅通通，嘴巴咧到耳朵旁，獠牙森森，牠的頭髮一綹一綹的扭結著，就像吐信的紅蛇。

平頭嬤嬤說得沒錯，河裡真的有妖怪，要來吃我們了。

「我才不是妖孽！我叫李哪吒，我爹是陳塘關總兵李靖！你才是妖孽呢，長得這麼醜，把我姊姊嚇哭了！」

「我是巡海夜叉李無貌！我家世世代代都長這個樣子，你覺得醜，我娘說全天下我最英俊瀟灑呢！你這個小娃娃，為什麼掀大波浪，毀我龍宮？」

「我們在九灣河裡戲水，跟龍宮有什麼關係？你不要亂誣賴人！」

「我認得這個寶貝！」夜叉指著混天綾說：「九灣河直通東海，就是你用混天綾戲水，把咱們龍王震得從王座上滾下來。」

「哇哈哈哈！」哪吒笑得直不起身子，我想像龍王從座椅上滾下來的樣子，也覺得好笑。

「姊姊，龍王的屁股一定是尖的，坐不住，才會從椅子上滾下來——」

「放肆！」巡海夜叉從河水中騰空而起，手中多了一柄大斧頭，朝著哪吒劈來。

「哪吒小心！」我大喊。

哪吒伸出手臂去擋，斧頭正好劈在金鐲子上，發出銳利的聲音，噹——乾坤圈散出金光，夜叉的身子被震飛出去，他的斧頭高高彈起，咻的

一聲，把他的身子砍成兩半。

我的嘴張開來，久久闔不上。

哪吒傻傻的轉頭看我，他身上全是夜叉藍紫色的血，又腥又臭。

「快快快！我們趕快回家！」我拉著他要跑。

「我先把這些沖掉。」哪吒跳進水裡，我想阻止已經來不及了。

又一次劇烈的晃動，我跌進草叢裡。

爬起來的時候，我感覺到有些不對勁。

風停了，鳥也不叫了。

四周出奇的安靜，好像被一個透明的罩子蓋住，連時間也停止。

河水迅速的從我們腳下退去，連水的流動也是無聲的。

「姊姊。」所幸，我還能聽見哪吒的聲音，不然，我會以為自己聾了。

「怎麼了？」他問我。

我不知道怎麼了，但我感覺到有可怕的事要發生了。

巨大的，什麼東西，正從河心升起來。

「快跑——」哪吒對我喊。

已經來不及了。

一隻好大好大的粉紅色蜥蜴，身上布滿亮晶晶的鱗片，生著鼠的臉、馬的蹄，額上一隻犀牛角，從水中升起來。那隻蜥蜴背上騎著一位年輕人，看起來比大哥還大上幾歲，斯斯文文的樣子，身穿一襲五彩的袍子，手上拿一把絹扇。

一瞬間，就擋住我們的路。

「喂！你是誰啊？讓開！」哪吒跨前一步。

「你又是誰？」

「我是李哪吒！你到底是誰啊？神祕兮兮的！」這一回，哪吒沒報上爹爹的名，可見他也知道事情搞大了。

「李無貌可是你殺的？」

「那個醜八怪是自己找死。」

絹扇青年的臉忽然湊到哪吒面前，真不知道他的脖子怎麼能伸那麼長。

「你這個小毛頭，口氣倒不小啊。無貌可是我爹東海龍王的御前侍衛，你說殺就殺，怎麼跟我爹交代啊？」

「不就是個侍衛嗎？我爹有萬把千個，賠你爹一個就得了。肯定比那個李無貌好看多了！」

龍王太子的眼睛在生氣，他的臉卻在笑，我想，這就是所謂的冷笑吧。

「我好好的在書齋裡讀書，你偏搞出地震來，把龍宮鬧得上下不安。害我出來跟你窮攪和，真是浪費時間。不用說這麼多廢話了，你跟我走吧！」

「去哪兒？」

「去龍宮見龍王啊。」

「見龍王？」哪吒轉了轉眼珠子，「行啊。改天去。」

他拉起我來就想跑，那隻大蜥蜴高高的抬起雙腳，眼看要把我們踩扁了，卻慢慢的放下蹄子。

「叱！」龍王太子叨唸著：「沒用的逼水獸！膽小如鼠！」

我偷空看了看逼水獸，牠有一雙好溫柔的圓眼睛，栗子色的眼珠子，瑩亮的水光閃閃。我知道，逼水獸有意放我們一馬。

「現在就去！」龍王太子的眉毛好細，挑起來的時候，就像兩柄匕首。

「我們要回家吃晚飯。明天再去吧。我娘在家等我們呢……」哪吒好言好語的打商量。

「沒得商量！」一陣風過，我發現自己拔地而起，已經被龍王太子給攫住了。

他的雙手是尖利的大爪子，用力抓著我，好痛啊。我忍不住哭起來。

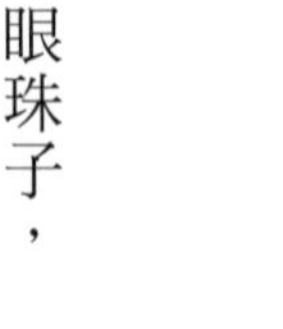

「放開我！」

「姊姊！」哪吒急得跳起來，「放開我姊姊！」

「這就是『敬酒不吃吃罰酒』了！」

「你放我姊回家，我跟你去！不過就是去龍宮嘛，有什麼了不起？十八層地獄我也去！」

「我敖丙就不信治不了你。」敖丙將爪子收得更緊。

「丙哥哥！」看見我又哭又喘氣，哪吒換了溫馴的語氣：「拜託你放了我姊姊，我一定跟你走。」

「哼，奸猾小鬼！現在我一個也不放，你們倆都跟我走！這叫做『買一送一』。」

我看見哪吒的臉蛋繃緊了，他的雙手握拳，大喊一聲：「喝！」

岸邊的蘆葦全倒了，哪吒像個燃燒的砲彈，衝向敖丙。

敖丙一隻手抓住我，整個人騰空而起。

「你敢傷害我姊姊，我絕不饒你！」

哪吒撕下身上的混天綾，揮舞著，愈來愈長，像一條鞭子似的，準準的打在敖丙腰上。敖丙鬆開手，我直直的墜落河水中，不能呼吸了，眼前發黑。我要淹死了，哪吒快來救我。快來救我——

我看見哪吒向水中的我伸出手，敖丙卻從他身後劈打下來，哪吒只好快速回身應戰。

我放棄掙扎，慢慢沉入河裡，河水冰涼，微弱的綠光，這是死亡的顏色嗎？

忽然，有個力量把我撈起來，嘩啦嘩啦，可以聽見水聲。我渾身無力，被放置在岸邊柔軟的草地上。

是逼水獸，是牠救了我。

「你害死我姊姊！」我聽見哪吒嘶聲吶喊，比哭還淒慘。

他以為我已經淹死了，卻被纏鬥著，不能脫身，悲憤莫名。

Rae.06

「去死！」他用混天綾繫上乾坤圈，甩出去套住敖丙的脖子。

為求脫困，敖丙的脖子伸得好長好長，乾坤圈卻迅速的縮小了，不管敖丙怎麼扭動都掙不開。

我想呼喚哪吒，告訴他我還活著，可是，我一點聲音也發不出來。

在我眼中留下的最後影像，是敖丙身上的五彩袍子迸裂開來，他的手爪、頭頸、尾翼，回復龍形，是一條垂死的龍。

一道閃電劈開了紫色的天空。

第三回

隱身闖天庭

醒來的時候，我發現自己正躺在床上，溫暖的床褥和枕頭，窗外的陽光細微的，像水一樣的滲透進來。

從朦朧到清晰，我把眼前的人看清楚了，是柺子嬤嬤。為什麼會是柺子嬤嬤？怎麼不是平頭嬤嬤呢？哪吒呢？他到哪裡去了？我們不是在河邊嗎？九灣河邊的風吹來好涼爽，我們在河邊玩得好開心，然後……忽然之間……龍王太子敖丙！一片片記憶像拼圖似的，很快的拼湊出來，確實是發生了非常可怕的事啊！

「柺子嬤嬤——」我哭出聲來，一頭栽進她懷裡。

「乖啊！小花蕊兒，不怕，不怕……」

「我要找哪吒！嬤嬤，我弟弟去哪裡了？」

柺子嬤嬤只是拍著我的背，一句話也不說。

「我是怎麼回來的？」我直起身子問。

「是平頭嬤嬤找到河邊去，才把你們帶回來的。那時候，你已經不省人

事啦！」

「哪吒呢？他有沒有受傷？」

「哪吒沒事！他闖了禍，倒是一點事也沒有。平頭可慘啦！她急得差點沒投河自盡哪！」

「都是我們不好，不該瞞著平頭嬤嬤。可是，我們不知道會出事啊。哪吒以為我被那個龍王太子害死了，他又氣又急，才會出手的……龍王太子，死了嗎？」

「死了還不算什麼，就是小孩子打架嘛！難免有個不知輕重的。要命的是，你這個頑劣的弟弟，竟然把龍王太子的筋給抽了！到底有什麼深仇大恨啊？」

「怎麼會這樣？」

我急著翻滾下床，趿著鞋往外跑，枴子嬤嬤跟在後頭嚷嚷：「你爹還沒回來呢，要是讓他知道了，那可得翻天啦！」

跑過奇珍園的時候，我被一個亮晶晶的東西吸引住，停下步伐。

那是一隻袖珍、如同玩偶的逼水獸，正站在池塘邊舔浮萍吃，就像小孩子舔著棒棒糖一樣，美滋滋的。

我的奇珍園裡什麼時候有了這隻小小逼水獸啊？

喘了口氣，我繼續往娘的房裡跑。門外，跪著的是平頭嬤嬤，她垂著頭，好像靈魂都被掏空了。

「平頭嬤嬤。」

「小蕊兒！你沒事啦？太好了，這樣我就死也瞑目了！」

「對不起，平頭嬤嬤，我對不起你。」

「別說這些了，快！去看看你娘，她真的氣壞了！」

推開門，哪吒原本跪著，轉頭看見我，立刻跳起身子來，歡呼著：

「姊姊沒死！姊姊沒死！」

他飛快跑過來，擁抱住我。

我聽見娘幽幽長長的嘆了口氣。

「娘！您要罰我就罰我吧！不關平頭嬤嬤的事，也不關姊姊的事。去河邊玩，是我的主意！和人打架也是我一個人做的！」

「我真不知道該怎麼罰你。你殺了人也就罷了，怎麼連人家的筋也抽了？等你爹回來，你爹回來叫我怎麼跟他說？啊？」

「抽了他的筋，我自有用處。」哪吒說著，轉頭問我：「我把逼水獸縮小了，給你放在奇珍園裡。見著了嗎？」

原來是哪吒。逼水獸那麼小的膽子，與那麼巨大的身子，本來就不相配，縮小了反而更可愛。

「夫人！」楞子嬤嬤驚惶喊著：「東海龍王來興師問罪啦！他和老爺正好在大門口遇見了，老爺大發雷霆，要找哪吒呢！」

「你們誰也別說看見哪吒了！」娘拉起哪吒，「跟我走！」

我的記憶中，還沒見過娘的身手如此矯捷，像一陣風似的，一下子就

消失了。

柺子嬤嬤也順手拉起平頭嬤嬤，「別跪了！咱們去想點法子吧。」

我來到奇珍園裡，逼水獸緩緩向我走來，牠救過我一命，是我的救命恩人呢。

「哪吒把你縮小了，你不要怨他啊！」

逼水獸眨眨明亮的眼睛，搖搖頭，渾身拉直了，舒服得像貓咪似的伸一個懶腰，又往池塘走去了。

我怎麼覺得，牠在這裡，比跟著龍王太子要快樂多了？

我不敢去前廳，也不知道該往哪裡去。娘把哪吒帶到哪裡去了呢？

「花蕊兒，你娘呢？哪吒在哪裡？」爹爹不知什麼時候來到我身邊，怒氣沖沖的問。

「我不知道，我沒看見……」

「靖哥，你回來啦？」還好，娘出現了。

「都是你！你溺愛的寶貝兒子闖了大禍啦！」

「你在說什麼啊？誰闖禍啦？」

「哪吒！除了他還有誰？他竟然殺死了龍王太子，還抽了人家的筋！東海龍王上門來討凶手了！」

「這話是從何說起呢？」真佩服娘可以這麼鎮定。「誰看見咱們家哪吒殺了人啦？」

「蝦兵蟹將都看見了！」

「這就不對了。蝦兵蟹將眼睛一丁點兒，怎麼認得出誰是誰啊？哪吒今天發燒，根本沒出門，怎麼好端端的說他殺了人？你怎麼就相信了呢？」

我爹被娘這麼幾句話，堵得啞口無言，他有點被說服了。

「真不是他幹的？」

「都說他沒出門啦。」

「這樣啊……那我得去瞧瞧。」

爹往哪吒房裡走，一邊推門一邊叫著：「哪吒！」

「爹爹！」哪吒高聲回應著，很興奮的奔向爹：

「爹爹！我在為您編護身甲呢，不是說要用龍筋才能牢固嗎？今天好不容易得到龍筋了，我終於有禮物送給爹爹了！」

怪不得哪吒要抽龍王太子的筋了，原來，他一直記掛著要送爹生日禮物，給爹祝壽的事。

爹後退一步，臉色一下子變得雪白。

「等我編好了，給爹穿上，爹爹就變成全天下最神氣的將軍了！」

「你這個逆子！」爹劈手搶過還沒編完的護身甲，摔在地上。

「你還包庇他！你還寵溺他！把他寵得無法無天，殺人放火，惡性難改！」爹對著娘吼。

「靖哥！」娘的淚流了下來，「都是我不好。你看在我們夫妻一場的份上，放過他吧。他是我的心頭肉啊，你難道要把他送給龍王，眼睜睜看著

他送命嗎？他可是我懷胎三年六個月生下的啊……」

爹的臉從白變黑，五官全揪在一起，我知道，他最禁不起娘的眼淚了。

「你叫我……叫我怎麼辦才好呢？」

娘湊過去跟爹說了句悄悄話，爹像個雕像似的，一動也不動，過了半天，好像身子有千斤重似的，舉起他的手，指著哪吒：

「你這個不肖子！我李靖就當沒生過你這個孩子，你給我滾！滾出去！」

「爹爹！」哪吒哭起來：「您別趕我走！我不要走啊！人是我殺的，我去抵罪就是了！爹爹！求您了，別趕我走啊！爹爹——」

是我。是我把哪吒拖出家門的，他哭得那麼傷心，弄得我也一把鼻涕一把眼淚的。可是，我心裡有點兒透亮，彷彿覺得把哪吒趕出家門，才能夠保護他，讓他避避風頭。

現在，我們倆坐在城牆根兒上，真的就像兩個孤兒似的，無家可歸。

「為什麼趕我出來？為什麼不要我？我幫爹爹編的護身甲，他扔在地上，看都沒看一眼……」護身甲還是他心裡頭最重要的事。

「姊姊！我不想離開娘！」哪吒嗚嗚的哭泣：「我想家了！我想娘！」

「別哭了，哪吒！過幾天，等到風聲過去，我們說不定就能回家了！」

「為什麼都怪我？那個醜八怪用斧頭劈我啊！敖丙差點害死了你！為什麼都說是我的錯？不管我做什麼事，反正都是錯的！」

「我知道了。」哪吒的眼睛紅紅的，「爹爹早就想把我趕出家門！」

「你別瞎說。」

「我沒瞎說！爹不是說過根本就不該要我的嗎？他從來沒喜歡過我！不管我做什麼，他都不喜歡我！」

哪吒站起來往前衝，一頭撞到了人。

「唉唷！」

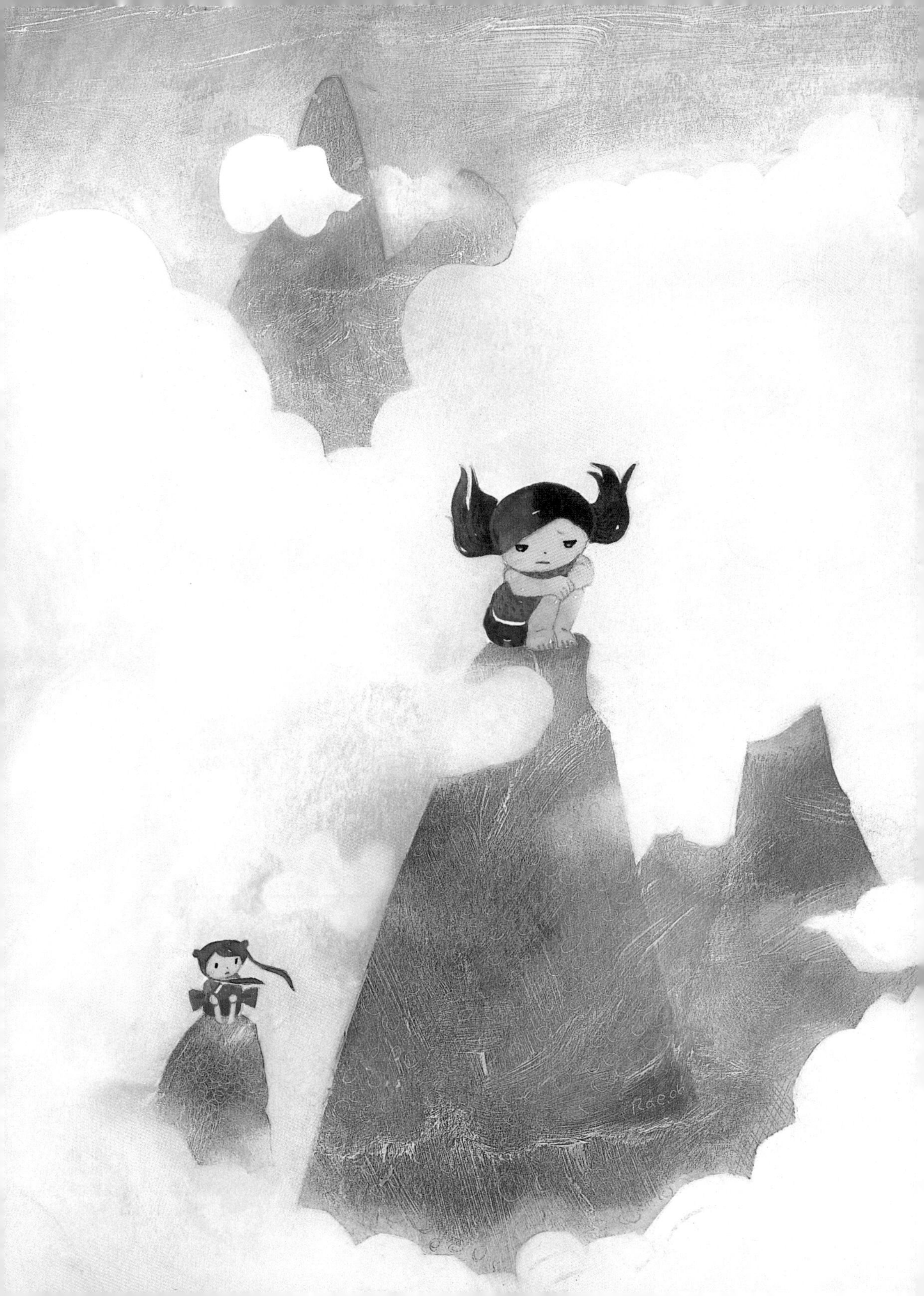

他撞到的是個白鬍子老爺爺。說真的，老人家我見過不少，可沒見過這樣的。他的白髮和白鬍子白得發亮，就像冬天裡第一場雪那樣潔淨。而他的臉龐紅潤潤的，一絲皺紋也沒有。額頭好高好寬，穿一身銀色的長袍，手中執一支拂塵。滿臉和藹的笑容，雙眼炯炯有神。

哪吒揉著頭喊疼。這倒很稀奇，他從小就是個鐵頭，誰給他撞上了都要痛得打滾，有時候他撞上牆壁，一點事也沒有，牆倒是給撞出個缺口來。

這一回，老爺爺笑吟吟的站著，哪吒反而跳腳。

「喂！好狗不擋路！」哪吒一生氣就會出言不遜。

「哪吒！你闖了大禍，無家可歸，累及父母，還不悔悟？」

哪吒抬頭望著老爺爺，「你怎麼知道我的名字？」

老爺爺揚起拂塵，在哪吒臉上撢灰塵似的撢了幾下，「哪吒哪吒！你的本性呢？」

「哈啾！」哪吒打了個大大的噴嚏，怔怔的看著老爺爺，忽然，像是想

起了什麼似的，喊出來：「師父！」

老爺爺仰頭大笑，中氣十足。

「師父！您帶我回去吧，我不想待在這兒了！」

「哪吒。你要去哪兒啊？」我覺得心慌。哪吒的模樣看起來有點不一樣了，我對他有些熟悉，又有些陌生。

「小姑娘，你別怕。」老爺爺慈祥的對我說。他為什麼能看透我的心思，知道我害怕呢？

「哪吒，你瞧瞧，你為爹娘惹來了多大的麻煩。」老爺爺像變魔術似的，袖子裡忽然落下一面琉璃鏡，菱形寶鏡裡有七彩的光芒在流竄。

我和哪吒一起湊過去看，鏡面忽然模糊一片，像起霧似的，然後，總兵府漸漸清晰的浮現出來。

爹爹出現在鏡中，滿臉大汗，聲嘶力竭的解釋：

「東海兄！您就放過我這個逆子吧，他年幼不懂事，闖了滔天大禍，都

是我管教不嚴。『養不教，父之過』，說來說去，都是我的錯！」

「敖丙被活活勒死，我已經痛徹心肺。你那個狠毒的兒子，竟然連他的筋都抽了去，叫我情何以堪啊？」

「啟稟大王！」有個頭上長螯的蟹將軍，手中提一件護身甲走來：「這是我們在後院搜到的，請大王過目。」

就是這一件，哪吒送給爹爹的生日禮物。

「我的兒啊！」龍王放聲大哭：「你是我最用功、最聰明的兒子，好好的在書齋讀書，怎麼竟遭此不幸，被屠殺抽筋啊！丙兒！丙兒——」他恨恨的瞪著爹爹：「這可是你的護甲？」

「這都怪哪吒年幼不懂事……」

「好哇！你個李靖！分明是你唆使兒子行凶殺人，為的就是用龍筋紮護身甲！你藏著凶手不放他出來，我拿你無可奈何，我只好去天庭告你！我不信天帝也奈何不了你！」

「東海兄！有話好說，有話好說啊！」

不理會爹爹的哀求，東海龍王拂袖而去了。

「吒！膿包龍王，跟他兒子一樣沒用！有本事就來抓我啊，去天庭告狀，算什麼英雄好漢？」哪吒氣得跳起來，對著鏡子大聲嚷嚷：「爹！不用求他！」

老爺爺把鏡子捲進袖中，笑咪咪的說：「他聽不見的。」

「老爺爺！您救救我爹吧。」我知道老爺爺神通廣大，一定可以幫忙的。

「我可救不了他。」

「那怎麼辦啊？」

「解鈴還需繫鈴人。」老爺爺看著哪吒。

我也看著哪吒。

「看我幹麼啊？我又沒在他身上繫鈴！」哪吒氣呼呼的說。

「叫你讀書你不讀。」我敲他的頭：「老爺爺的意思是，禍是你闖出來

的，所以也得要你去收拾啦。」

「我去天庭把他打回來？」哪吒忽然開竅了。

「打是不行的。你得要好言相勸，苦苦哀求。為了你的爹娘，你不願意嗎？」

「為了我爹娘，我當然願意。可是，天庭豈是我說去就能去的？龍宮有那麼多蝦兵蟹將，天庭一定也有很多天兵天將啦。」

「這倒不難，我送你隱身符，你可以神不知鬼不覺的，來去自如。」

「這麼好？那我馬上就去！」

老爺爺的袖中掉下一管毛筆，他彎腰在哪吒的膝上畫了幾筆，哪吒扭著身子笑：「哇哈哈，師父啊，好癢啊，真是癢死我啦……」

毛筆又來到哪吒的胸前，再畫幾筆，接著，移到了額頭，哪吒還是笑不可遏：「好了沒啊？太癢啦，哈哈哈……」

我卻摀住嘴叫出聲來。眼前的哪吒下半身消失了，上半身也在慢慢的

變淡，淡得像煙一樣，好像吹一口氣，就會散光了。

「哪吒？」我完全看不見他了。

那一刻，我心裡湧起憂傷。如果看不見，我怎麼知道這個人是存在的呢？哪吒完全消失了，彷彿從來沒有存在過。

我的耳朵忽然癢酥酥，渾身雞皮疙瘩爬起來，可惡，一定是哪吒。

「你很討厭耶！」我一邊笑一邊罵。

「你真的看不見我了！姊姊、師父、我走了！」

「哪吒……」我想跟他說路上小心，早去早回，可是，那一瞬間，我什麼也說不出來。他不再是跟在我後面的小弟弟了，我已經不能再為他做些什麼了。

我慢慢坐下來，抱住自己的膝蓋，什麼話也不想說。

「小姑娘。」老爺爺還沒離開，他一掀袍子後襬，在我身邊坐下來，問我：「你怎麼不回家啊？」

我搖搖頭。

「你要等哪吒嗎？」

我點點頭。

不知道為什麼，就在這一搖頭、一點頭之間，我的眼淚就落下來了。

「哪吒都是為了我，他為了救我，才跟敖丙打起來的。他以為我淹死了，整個人氣瘋了，才會打死了敖丙……他抽龍筋，也是為了爹爹。可是，爹爹不了解他，我又幫不了他……」

「誰說你幫不了他？你一直在幫他，一直在保護著他啊。」

「哥哥們高來高去的；爹爹也會土遁；哪吒一身本領；娘是救命的活菩薩；連枴子嬤嬤也有枴子功呢。只有我，什麼用也沒有，這麼小一丁點兒，跑都跑不快，能幫他什麼啊？怎麼保護他啊？」

「傻孩子。你不用高來高去，也不用一身本領，因為你是用『心』在保護哪吒啊。」

我望著老爺爺莫測高深的笑容，有點困惑：

「老爺爺。我不太明白您的意思，您……您是個神仙吧？」

「我只是個住在深山裡的人。」

「老爺爺！我真的不放心哪吒，他淨闖禍。您可以帶我去看看他嗎？」

「看吧！」老爺爺手一轉，寶鏡又到了他手上。

我看見哪吒，他在天庭排班的眾神仙中，穿梭來往，這些高高矮矮，或秀逸或怪奇的神仙們，只顧著打恭作揖閒聊天，都沒看見隱身的哪吒。

哪吒找到了東海龍王，在他耳邊吹氣，這是哪吒最愛玩的把戲，看著他一吹氣，我的耳朵都癢起來了。

「噯，噯……」龍王像趕蚊子一樣的驅趕哪吒。

「東海龍王，我有重要的事要跟你說，跟殺死你兒子的李哪吒有關的，你快快隨我來。」哪吒一邊說著，一邊牽起龍王的衣袖，將他帶出仙班，到了一個園林的深處。

「你是誰啊？到底要說什麼？」

「我就是你恨之入骨的李哪吒！」

「什麼？」龍王揮起拳頭猛捶猛打，卻全是徒勞，氣得他咬牙切齒。

哪吒早騰上一棵樹，站在高高的枝椏上，笑嘻嘻的看好戲呢。

「別費力氣了。東海伯伯，殺了敖丙是我不對，可是，他也不對啊！他要淹死我姊姊，我姊與他有什麼冤仇？聖人不是說嘛，『君子求諸己，小人求諸人』，你要怪我之前，也得反省反省啊！」

難得哪吒記著這句話，這是娘常常對他耳提面命的。

「你殺了人，還扯出什麼聖人來。我非要上告天帝，讓天帝誅你全家！」

砰！龍王當胸捱了哪吒一腳，哪吒怒氣湧上來，臉都紅了。

「你的敖丙兒子是個酒囊飯袋！怎麼怪得了我？怎麼怪得了我全家？」

「我看天帝怎麼發落你！我現在就去告！」

「不准去！」哪吒一把抓回龍王，用力的在他的腋下拔出一枚五彩鱗片。

就在這一刻，我想起以前娘和我們說過，龍王全身都裹著盔甲似的硬鱗，只有腋下的三片鱗，是他的致命傷，碰不得的。

龍王倒在地上，疼得翻滾哀號。

「糟啦！」老爺爺急得跺腳：「我叫他苦苦哀求，他怎麼讓老龍痛苦哀號啊？」

「你還告不告？」哪吒把龍鱗別在腰上，神氣活現的。

龍王爬在地上，滿頭大汗：「李哪吒，我與你的深仇大恨，永世難解！

我非告不可！」
「你敢！」哪吒又使勁兒拔下一枚龍鱗。
龍王的慘叫聲，使我摀住耳朵，不忍聽聞。老爺爺則是掩住眼睛說：「這下壞事了！」
「我不告了！算你狠！我不告了……」龍王痛得一把鼻涕一把眼淚。
「他不告啦！老爺爺！哪吒成功啦！」我開心的跳起來。
「他闖大禍啦！東海龍王還有三個兄弟，北海、南海、西海，龍族最大的恥辱，就是被拔去龍鱗，這是生不如死的恥辱啊！這下子，李家的大禍逃不掉了……」
我站著，卻覺得腳下有些晃動，頭頂上的烏雲迅速聚集，銳利的閃電切割著紫彤色的天空。雷聲隱隱，響在遙遠的地方，卻感覺正慢慢靠近。
我的背脊發麻，頭髮絲絲豎起。
「怎麼辦啊？」

「快回家去吧！要記得，哪吒什麼都不怕，就怕火！火一燒，他就魂飛魄散了。到了那一天，你一定要把他帶來見我！」

我的腦中一片混亂，為什麼怕火？誰要燒哪吒？我要帶他去哪裡見老爺爺呢？好多疑問，都被我的恐懼掩埋了。而在此時此刻，我只想做一件事，飛快飛快的跑回家裡去。

第四回

火焚哪吒廟

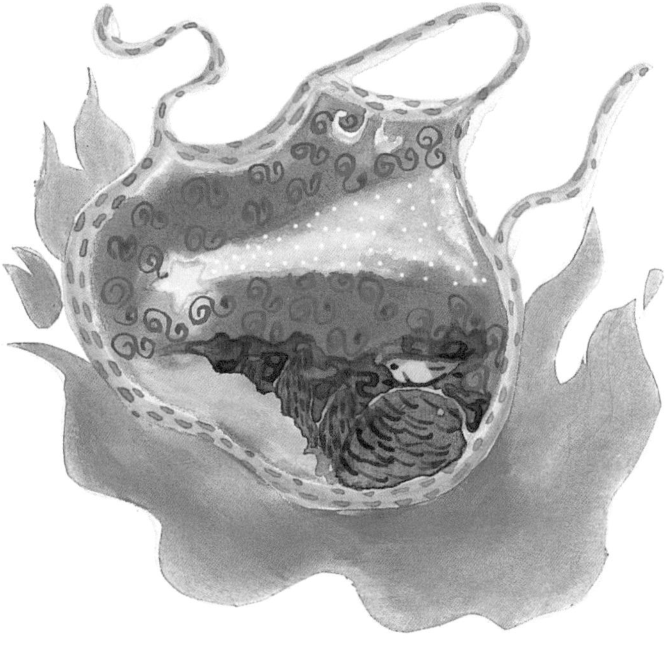

我從來沒得過這麼快，左腳絆著右腳，跌仆在地，翻個身，繼續往前跑。天上的雲激烈的翻騰著，大片的烏雲吞噬著小片的紫雲，再吐出更厚重的釉藍色的雲煙。

夜，忽然降臨，封鎖住整座城。

閃電刺眼的劈開了封鎖，亮得令人睜不開眼睛。

雷聲震動得我的五臟發疼。

家，就在前方了。

「娘！」我大喊。

那雄偉的大門，少了半截，像是被雷劈的，牆頭上還殘餘著將熄未熄的火焰。兩個守門的兵士，倒在地上，奄奄一息。

「小蕊兒！」攔腰把我抱住的是平頭嬤嬤，她喘息著：「你別進去！你娘交代了，叫你和哪吒快逃，千萬別回家去。」

「我要找我娘！」我掙扎著，用力跳動。

柺子嬤嬤伸手摀住我的嘴：

「別嚷嚷！四海龍王都來啦，他們來勢洶洶，這會兒真是要遭劫啦！」

「你弟弟呢？你們不是在一塊兒？」平頭嬤嬤問。

我想說話，卻開不了口。

「平頭嬤嬤問你呢！哪吒呢？那個惹禍精去哪兒啦？」

「柺子！你摀著她的嘴，叫她怎麼答啊？」

柺子嬤嬤終於放開我。

「他跑去天庭，把東海龍王的鱗給拔下來了……」

「怪不得！他這個……」

一陣紅色的旋風，從我們頭上捲過，落進了總兵府裡，打斷了柺子嬤嬤的咒罵。

「糟啦！是哪吒！」平頭嬤嬤拔腿往裡跑。

柺子嬤嬤緊跟在後，我們一起跑進了前廳。

我首先看見了爹爹和娘，他們被捆綁著，跪在廳中央，身邊站著四個高大的龍王，分別穿著紫色、黃色、藍色和銀色的繡袍。龍王們有著凸出的前額，外暴的利牙，牛一般的圓眼睛，朝天的鼻孔噴出白煙來。

然後，我看見了哪吒，他一個人面對著四位龍王，臉上只有憤怒，並無懼怕。

「放開我爹娘！」他對他們喊著。

「李哪吒！你不是天不怕地不怕嗎？私闖天庭，對我無禮施暴，我們已經稟告天帝，天帝賜我們綰仙繩，綁了你爹娘上天論罪！」

「你的鱗片還在我腰上呢，有什麼好威風的？有本事放了我爹娘，抓我上天庭去啊！」哪吒想往前衝，卻被彈回來，跌坐地上。

「哼！我們已經畫了斷地符，想救你爹娘，作夢！」

原來是這樣，爹娘和四位龍王，就像扣在一個罩子裡一樣，無論怎麼用力，外頭的人都進不去。

「爹！娘！」我大聲叫著。

這一叫，他們身上的繩索更深的嵌進皮肉裡，鮮血汩汩的流出來。

「爹——」哪吒再一次衝向斷地符，撞得頭破血流。

「你這個不孝子！」爹抬起頭，瞪著哪吒，「把父母親連累到這般地步，我當初，當初就該一劍劈了你！」

「靖哥！你別這麼說。」

「我說的是實話！想我李靖一生光明磊落，重仁重義，今天卻落到這個下場，全都是被這個逆子害的！」

「東海龍王！」哪吒昂起頭，抹去鼻血，「你放我爹娘！帶我走吧！」

「說得容易！你這個小鬼頭詭計多端，我們哪有本事帶你上天庭？冤有頭，債有主，帶你爹娘去天庭，也是很應當的事。怪只怪他們教子無方，

縱子行凶！」

「我不是他們的兒子！他們也不是我爹娘！」哪吒發出一聲怪叫。

「你說什麼？」

「我一人做事一人當！」哪吒撿起爹爹落在地上的配劍，對爹娘說：「千錯萬錯，都是我一個人的錯！爹娘就當沒生我這個逆子吧！」

「孩子！你要做什麼？」娘滿臉淚痕的望著他，哭喊：「千萬……不要啊……」

我的身子止不住顫抖，上牙劇烈的打著下牙，格格格格格……哪吒啊，哪吒……

「東海龍王！你不過是想替兒子討回一命，我的這條命給你就是了！今天我就割肉還母，剔骨還父！」

他忽然轉頭看著我，對我微笑。

那是我們在九灣河上游蕩時，他的微笑；是我們在城牆頭看著爹爹校

閱時，他的微笑；是我頭一次把初生的他抱在懷裡時，他的微笑；是那樣天真、快樂、美麗的一個微笑。

我向那個微笑伸出手。

哪吒高高的揚起劍，揮向他自己。

一瞬之間，我的眼前一片血紅。這是一個屠殺的世界，我親愛的弟弟，屠殺了他自己。

哪吒。

我在血紅中翻滾，感覺自己將要溺斃，在夢中病著，在病裡昏夢。

可是不管怎麼病，怎麼夢，都清清楚楚的記得，沒有了，我的弟弟，已經不在了。

老爺爺，你不是說我可以保護他的嗎？為什麼我什麼事都不能做呢？

老爺爺，你說我可以用「心」保護他，我的心在哪裡呢？

娘說，我是在哪吒走後第十天才醒過來的。

醒過來的時候，我無法說話。

「小蕊兒，認得我嗎？我是楞子嬤嬤啊！」楞子嬤嬤在我面前嚷著。

「噯！你讓開。她不一定認得你，可她一定認得我，是我從小把她帶到大的啊。」平頭嬤嬤擠過來，「來，叫一聲，叫我一聲啊。啊？」

「我說啊！她根本不認識你了。要不要賭？」楞子嬤嬤又來了。

這個世界好像都沒什麼改變呢，一切如故。

推開窗，可以聽見奇珍園裡的彩鳳鳥兒歡快的歌聲。我不想起床，也不想說話。如果這個世界一切都是一樣的，那就好了。

爹來看過我，娘也陪著我，但我還是不知道該說什麼。如果我開口，一定忍不住會問：「哪吒呢？」

但我不想這麼問。

於是，我就不說話了。

「花蕊兒，跟娘說，你想要什麼呢？你想要什麼，娘都想辦法給你，你就開口說說話吧。」

我想要什麼呢？我知道我想要什麼，但是，我怎麼能說呢？

於是，我還是不說話。

那一天，平頭嬤嬤把我帶到奇珍園裡晒太陽，她說：

「你的臉色真蒼白，這可不行。晒點太陽，就能好起來嘍。」

我在太陽下昏昏欲睡，直到天黑，都沒醒來。

然後，有人推推我。輕輕的喚著：「姊姊。」

我看見哪吒，像是在霧裡，看不清，但我知道是他，強烈的感覺到他。

我的眼淚滾滾而下。

「好累啊。」他說：「我的魂魄整整跑了四十九天，就是找不到可以安

歇的地方。」

「你可以回家啊。」我對他說。

「我沒有家。」他一個字一個字的說：「爹已經不要我了。我和他再也沒有關係了！」

「可是，家裡還有娘啊，還有我啊！」

「我知道，姊姊。我就是來找你幫忙的。」

我能為哪吒做什麼？我一千個願意，一萬個願意啊！

就是那天夜裡，我出聲大喊：「娘！」

娘和平頭嬤嬤一起跑來，點著燈，找到了我。

「夫人！小蕊兒能說話了。」

「哪吒！哪吒！我看見哪吒了！」

我告訴娘，哪吒說他的魂魄無依無靠，如同孤魂野鬼一樣，好淒涼啊。

他求娘為他在翠屏山上建一個廟，以他的樣貌雕刻神像，讓他的魂魄得以

憩息。

「今天正好是，七七四十九天啊。」平頭嬤嬤壓低了聲音說。

娘摸著我的頭，沒說話，她的手心涼涼的。

翠屏山的工程開始了，娘找了上好的石材，要為哪吒建一座冬暖夏涼的行宮，還找了最好的畫工，先畫出了哪吒的人像圖，再由木雕師，挑來最好的紫檀木，用最細膩的刀功，雕刻出哪吒。當然，這一切都是瞞著爹爹進行的。自從那件事發生之後，爹爹不許家裡任何人提起哪吒，連娘都不可以。好像家裡從來沒有這個人存在似的。我實在不明白，難道大家都不提起，就會全部忘記了嗎？

真正重要的事，根本不需要提起，因為從沒有忘記。

哪吒木雕像送進「花藥坊」的那一天，我們都傻了。這分明就是哪吒回來了啊。淘氣而機靈的模樣，那兩顆琥珀鑲成的眼睛，閃爍著慧黠的光芒；鼓鼓的腮幫子飽滿著笑意，彷彿他立刻就會拉起我的手，說：「姊姊，咱們溜出城去吧。」

娘擁抱住哪吒雕像，落下淚來，「我苦命的孩子。」

「夫人，吉時已到，要安神位了。」楞子嬤嬤說。

「娘會按時給你香火和牲禮，你就把往事都忘了，看看能不能成個快活仙吧。」這是娘給哪吒最後的祝福。

翠屏山有兩百二十五級臺階，哪吒行宮在山頂，正好可以看見陳塘關裡的總兵府和關外的九灣河。這裡還是他依戀難捨的地方啊。

安好了哪吒雕像，掛上了「哪吒神宮」的匾額。

大功告成。

從那以後，哪吒又回到了我身邊。他的魂魄有了行宮，連大白天也能現出人形，和我四處遊玩。

他還是叫我姊姊，只是再也不提爹和娘。他好像是一個全新的人，我看著他，有時候覺得熟悉，有時候覺得陌生。

「以前啊，我們在家裡面……」有一次我有意無意的提起過去。

他沒望向我，只是淡淡的說：

「以前的事，我不太記得了。」

不記得了啊。我便安靜下來了。

第一次有人來行宮上香，是個瘦小的孩子，他帶來的祭品，是家裡做的雜糧饅頭。他的家裡很貧窮，給人家放牛討生活，奉養年老失明的奶奶，祖孫二人就這麼相依為命。偏偏遇上一群不務正業的少年，整天吃飽了沒

事幹，專門整這個孩子，不是搶走他的牛，就是打傷他的牛。最惡劣的一次，甚至還叫這孩子把臉趴進牛糞裡。惡少拍手大笑：「哈哈哈！牛糞洗臉，熱呼呼的，可舒服了吧？」

哪吒聽著孩子哭訴，愈聽愈氣，於是整治了這群少年。他們起床時，發現自己是枕在牛糞上睡覺的；吃麵的時候，發現麵條全成了牛糞；鞋裡是牛糞，頭髮裡也是牛糞，牛糞無所不在。把少年們嚇得快崩潰了，只好乖乖的到行宮裡上香。保證他們再也不欺負放牛的孩子了。

哪吒甚至還醫好了瞎眼的奶奶，使她重見光明。

從此以後，哪吒的行宮絡繹不絕，香火鼎盛。

哪吒不再是調皮搗蛋的孩子了，他很認真的為這些善男信女解決問題，濟弱扶傾。

「只要三年。」他有一次對我說：「師父告訴我，只要受三年香火，我就能重返人間了。」

我心裡很想知道，卻也不敢問：「重返人間之後，你會回家來嗎？」

爹爹看起來好像完全忘記哪吒這個人了。可是，有一次，大哥、二哥回家過年時，全家圍在一起吃年夜飯，那個夜晚，我卻看見了爹爹內心的祕密。

那一夜，我特意藏了一些哪吒愛吃的年菜，想送去給他嚐嚐。趁著大家都睡著了，我摸黑走過庭院，卻看見亭子裡有個黑影子。原來是爹爹，他正抱著什麼東西，前前後後的搖晃著，嘴裡唸唸有詞：

「我們父子一場，怎麼竟會是這樣的結局……你現在到底在哪裡呢……這是你給爹爹編的護身甲，爹爹還留著……」

爹爹竟一直留著那件沒完成的護身甲？哪吒想送給爹爹的生日禮物

啊。為了這件禮物，竟惹出這麼大的風波，付出的代價未免太大了。

我在心中暗暗下了決定，等到三年過去，哪吒重返人間，我一定要想盡辦法讓爹爹和他重歸於好。不管是我的家庭真可愛，或是我的家庭真奇怪，都是一家人啊，是怎麼也分不開的。

想不到，沒等到三年，只差了二十八天。

那一天，和我一起爬在樹上的哪吒忽然直直的墜落下去，滿地翻滾，唉唷唉唷的喊疼。

「你怎麼啦？」

「好燙好燙！不要！不要燒我啊——」

我往行宮的方向望，看見濃密的黑煙，難道有人放火燒哪吒行宮？

不行！老爺爺說過，哪吒最怕火燒了，一定要滅火，否則，他就要魂飛魄散了啊！

我跌跌撞撞的往行宮跑去，正撞進那些從山頂逃下來的人群中。

「簡直是氣瘋啦，我還沒見過總兵大人發這麼大的火！」

他們說的是爹爹嗎？

「聽說大人氣這個兒子，活的時候牽連父母，死了之後還蠱惑百姓……」

怪不得娘要瞞著爹爹。

「那也犯不著放火啊！這一燒，什麼都沒有啦！」

竟然是爹爹放的火。

當我穿過人群，趕到哪吒行宮的時候，只看見燒黑的石牆，高高奉起的哪吒雕像已經被砍了下來，仍在燃燒著。我衝過去，用袖子把火焰熄滅，就算燒著了我的手也不怕。

爹爹好狠啊！只剩下二十八天了啊。這一燒，就讓哪吒魂飛魄散了。

「哪吒！哪吒！你在哪兒啊？」我的聲音，在空盪盪的行宮裡回響。

沒有回應。

「哪吒！你聽得見我嗎？」怎麼辦啊？這該怎麼辦啊？

誰能告訴我，應該怎麼辦呢？

終於，在遠遠的牆角邊，我看見了哪吒，滿身焦黑的傷，淡淡的，像個影子似的。

「哪吒！」我大叫，向他奔去。

他消失了。

我轉身，看見他在另一邊出現，滿面憂傷：

「我的魂魄已經散了，只剩一點點元神，聚在雕像上。姊姊救我！」

「我該怎麼做啊？你告訴我，我一定救你！」

「帶著我的雕像，去找我師父太乙真人，只有他能救我。」

「是那位老爺爺嗎？他在哪兒？」

「他在天山。我只能再撐七天……不能救了……姊姊救我……」

哪吒消失了，不管我怎麼叫他，把喉嚨都喊啞了，回答我的只有靜默。

第五回

化為蓮花身

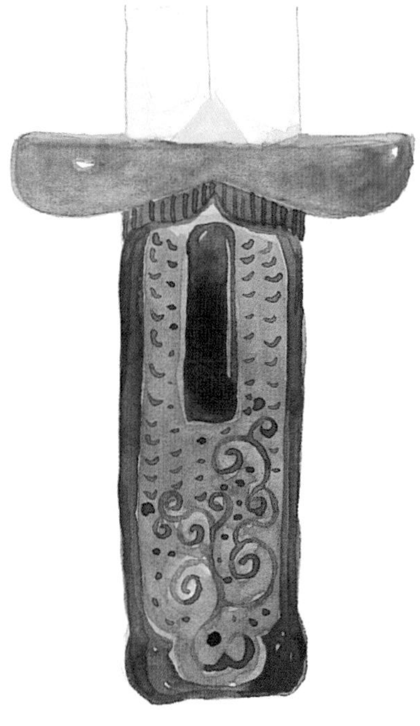

我撕下行宮裡還沒燒掉的布縵，將哪吒的雕像背在背上，緊緊的纏牢了。原來，這紫檀木這麼重。也或許是因為哪吒的魂魄還沒有完全散去吧！

刻不容緩，我的旅程必須馬上展開。

我要把他送上天山，求老爺爺救命。

下山之後，我渾身的衣裳都溼透了。我知道這會是一項艱難的任務。以前有哪吒在，去哪裡都迅捷如風，一下子就到了。而我背著他，一步步的走，竟然走了一天才出城。在路上，遇見一些好心的人。他們認出我來，也看見我背著哪吒。

「小姑娘，你要把哪吒背到哪裡去啊？」

「我要去天山。求仙人救我弟弟。」

「你先歇一會兒吧，這麼吃力，你走不遠的。」

「我不累。我沒時間了，我得走得快一點，否則就救不了哪吒了！」

其實，我不能停下來，如果我一停，雙腿發軟就會倒下來的。

「小姑娘！」一位老奶奶追了上來：「把這些帶著路上吃吧！」

「謝謝奶奶。」

「是我要謝謝哪吒，他救了我和我的孫子啊。」

剛走出城門，就聽見得得的馬蹄聲，駕車追過來的是一個中年漢子，棗紅色的方臉，長滿鬍鬚。他朝我揚鞭，吆喝著：

「這位小姑娘可是要護送哪吒上天山的？」

我站住，點點頭。

「上車吧。我送你一程。」

「為什麼你要送我？」上車之後，我問他。

「我有一個獨子，得了怪病，醫生都說不能活了，是哪吒救了他！救了他，就是救了我們全家，哪吒是我們全家的大恩人。」

為什麼哪吒救了他兒子，就是救了他們全家呢？我不太明白，卻也不好多問。

一路上，這個愛子如命的父親都不多話。我在他的車上，好好的睡了一覺，醒來之後，精神恢復許多。第三天，他把車停下，我掀開車簾，看見白雪皚皚，粉妝玉琢的銀白世界，連樹枝上都結著晶瑩的冰柱。

「小姑娘。我只能送你到這兒啦。接下來，你得爬山了。行嗎？」

一座大山橫在眼前，我點點頭。

「你一定能把哪吒救回來的。我沒見過這麼有決心的小姑娘。」

「多謝大叔。」我背起哪吒邁開大步往前走，不敢回頭，也不敢再看大叔一眼，我怕他會掉淚，更怕自己會掉淚。

親愛的弟弟，現在，只剩下我們兩個人了啊。就像以前偷偷溜出去探險的時候一樣，只有我和你。

「哪吒！」我輕輕呼喚他。

沒有回應。

「哪吒，我們一定會到天山的。」

不知道是不是我的錯覺，哪吒好像變輕了，是因為他的魂魄又消散了一些嗎？

我花了整整一天，在雪地上登山，滑倒了不知道多少次，樹枝把我的臉刮傷了，鹹鹹的血流進嘴裡，但因為寒冷，傷口一下就結凍了，也不特別疼。可是，我感覺到整張臉都腫了。好不容易爬到山頂，才發現，前面還有一座更大的山。

我下了山，腿已經變瘸了，一跛一跛的，走得更慢。然而，最可怕的，卻是面前的一條大河。河水洶湧湍急，河面遼闊，看不見對岸。

岸邊沒有一條船，也沒有一個人。

我要怎麼渡河啊？

如果哪吒在就好了，他一定會有辦法的。如果是爹爹，是大哥、二哥，就算是平頭嬤嬤和楞子嬤嬤，也會有辦法的。只有我沒辦法，我真是個無用之人。想不到在這裡，被一條河水困住了，再不能前進。

「如果救不了哪吒，我也不想活了。」這個念頭忽然浮起來。怪不得大叔說，哪吒救了他的兒子，就是救了他們全家。我現在終於明白了。

我明白了啊。

一股酸楚的情緒湧上來，我的淚一顆顆落下，掉進河水中。河水忽然凝住，然後，迅速消退了，周遭原本就很安靜，現在，連風聲都停止了，一片真空的寂靜。我記得這個感覺，上一次出現的時候，是在九灣河……

逼水獸。是牠。

逼水獸從水中升起來，就像是個閃閃發亮的明星，河流是牠的舞臺，

牠出場的時候，有種萬眾期待的架勢。

應該是在哪吒死去之後，牠就恢復原形了吧。

牠的頭湊過來，伸出舌頭，舔了舔我的肩，在我還沒回神時，牠已經銜起我，放在牠的背上了。

我摟抱住牠的長脖子，「帶我們過河！拜託你，帶我們過河去吧。」

逼水獸嘩啦嘩啦的大步往前走，河水快速的從牠身子下面滑過去，不一會兒，我就看見對岸了。

「過河了，哪吒，我們過河啦。」

然而，天已經黑了，一天又過去了。

這是第四天。

天亮之後，我勉強爬上另一座高山，這裡會不會是天山呢？沒有臺階，也沒有山道，只能靠著雙手攀爬。我像猴子似的攀住藤蔓，從這棵樹越到另一棵樹上。手掌都磨破了，每根手指也開了花，那條瘸了的腿，漸漸失

去知覺。我只能拖著它，拚命往前進。

哪吒更輕了，我的心卻更沉重。

好不容易，終於抵達山頂，這已經是第六天了。

我最恐懼的事發生了，老爺爺並不在這兒，這裡不是天山，遠遠近近好多雲霧中的高山，到底哪一座才是天山呢？我沒有時間了啊，哪吒已經一點重量都沒有了。

「老爺爺！您在哪兒啊？老爺爺——」我背著哪吒，撲倒在雪嶺上。

完了。我不可能在第七天前趕到天山去的，一點希望都沒有了。哪吒。我做不到。我已經這麼努力了，我還是做不到。我是個沒用的姊姊，我救不了你，我什麼事都做不好啊。

我的頭髮忽然飄飛起來，彷彿有著好大的風，從遠處吹來。天空忽然陰暗了，到了這時候，不管是下雨、下雪，我都不用再怕了。再沒有什麼好擔心的了，一切都完了。

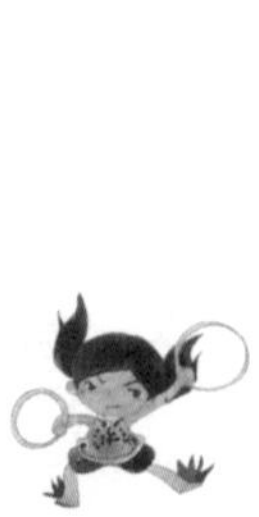

Rae.06

我聽見了激越的鳴叫聲。是鵬鳥。是那隻被哪吒打傷，又被娘救活的鵬鳥。牠在我頭頂盤桓一陣子，然後，降落在我身邊。難道，牠也是來幫助我的？帶我飛去天山？

我曾經作過這樣的夢。夢見自己騎在鵬鳥的背上，鵬鳥平穩的飛行，張開遼闊的翅膀，從積雪的山峰上翱翔而過。原來，這個夢是未來將要發生的事呢。世界真的好大好大啊，而我們不管看得多遠，都只能看見那麼小的地方，是因為這樣，人們才總是爭鬥不休嗎？

鵬背上的羽毛好暖和啊。我整個人趴在鵬鳥身上，疲憊至極的睡去了。現在是第幾天啊？我感覺到陽光的照耀，也感覺到星光的冷冽，我們到底能不能趕得及呢？我睜不開眼睛，也醒不過來。我會不會在睡夢中死去呢？反正我已經想好了，若救不活哪吒，我也不想活了。

鵬鳥的鳴叫聲喚醒我，我睜開眼睛看見一片平臺，一座樓宇，和一位雪白鬍鬚的仙人。

「老爺爺——」我從鵬背上翻滾下來，跪爬著，爬向他：「求求您，救救哪吒——」

天，怎麼黑啦。我什麼都看不見了，一點知覺也沒有了。

我醒過來的同時，就被驚惶和絕望攫住：「哪吒！七天，七天過了沒？」

老爺爺壓住我的身子：「噓！別擔心，你把哪吒及時送到我這裡來了。你受了傷，好好休息。別擔心……」

我及時趕到了。深深吸一口氣，這樣就好了。許多小光點在我眼前墜落，我又昏睡過去。

這一次，我醒來，感覺到自己明顯不同了。精神旺健，身體變得輕快，很想和娘一同跳一支舞。我的腿完全好了，我臉上的疤痕也痊癒了，我跑

出房間，遇見了老爺爺。

「老爺爺！您把我治好了。謝謝您。」

老爺爺笑著點頭。

「哪吒呢？」

「你跟我來。」老爺爺把我領到屋後，那裡有一大片蓮花池，生著美麗的蓮花，清香散逸。

「我同你說說哪吒的故事。」老爺爺說。哪吒原來是他的徒弟，本就是個神仙，法術高強，卻不受拘管，不通人情。「乾坤圈和混天綾，原本就是他的寶器，他的法術雖高，卻不懂得感情。沒有感情，有再大的本領也沒有意義啊。」於是，老爺爺，喔，應該說是太乙真人，就讓哪吒投胎到我家來當人。

「就是要讓他被所愛的人傷害，再被愛他的人救贖，他才能體會，愛，是怎麼一回事。」

救他的人是我，那麼，傷害他的人就是爹爹了？

「老爺爺。我爹其實是愛哪吒的。」

「是啊。」真人捋鬚而笑，「愛與傷害，乃是同一個源脈。心裡有愛的人，就能看見愛。心裡若沒有了愛，就看不見愛了啊。」

他拍拍我的肩，又說：「來！我需要你，我們把哪吒救活吧。」

真人叫我去蓮花池摘幾段藕，再採些蓮花來。

我跳進水池裡，看著那些粉白的藕，就像是哪吒渾圓的手臂，我採了幾段最壯實的，又採了開得最好的粉色蓮花來。

真人將藕排成了四肢身體，將蓮花放在頭的部位，口中唸唸有詞，唸起咒語來。浸泡在水中的蓮藕蓮花，微微似有震動。

「花蕊兒！」真人忽然嚴肅的叫我：「哪吒可是你的骨肉兄弟？」

「是的。他是我弟弟。」我回答。

「借你鮮血一滴，他便可重回人世了。」

我用力囓咬指尖，鮮血渾圓的溢出皮肉，真人抓住我的指尖，一滴血，落進了水中。水像煮沸了似的，滾起許多泡泡。

「你牽引他誕生吧。」真人望著我說。

我伸手進水中，一隻手，迅速而有力的握住我，我一拉，哪吒躍出水面。

活生生的哪吒，蓮花的臉面，蓮藕的身軀，芳香飄逸的哪吒。

「哪吒！」我歡喜的大叫。

他轉頭看我，橫眉豎目的哪吒，渾身都是怨怒。

「可恨李靖！」這是他說出的第一句話，「我割肉還母，剔骨還父，與他已無瓜葛，他竟燒我行宮，毀我魂魄。」

「哪吒！你姊姊不畏艱難，千里迢迢，九死一生，將你送來這裡。你不感她的恩嗎？」真人喝斥著。

「等我報了仇，再來報恩吧。」哪吒飛身進了樓宇中，接著踩著兩個輪

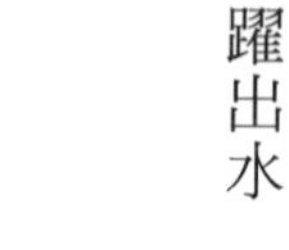

子，手執一柄長矛，呼嘯而去。一瞬間就消失了。

「風火輪和火尖槍也是他的寶器，寶器入手，功力大增，看來父子相殘是不可避免的了！」

「那怎麼辦啊？老爺爺。救救我爹！救救哪吒啊！」

真人呼嘯一聲，鵬鳥飛來。

「走！我們一起去瞧瞧吧。」

爹爹的校兵場上，人聲鼎沸，肯定是在這裡了。

果然，哪吒踩在風火輪上，與他對峙的是爹爹，還有大哥、二哥。他們三個人共同對付哪吒，這不好，哪吒肯定氣瘋了。

「這是我和李靖的恩怨，不關你們的事。讓開！」哪吒厲聲對兩個哥哥喊著。

「大膽！」大哥指著哪吒，「你還沒生，就讓娘飽受懷胎之苦。生下來之後，為爹爹帶來這麼多禍患！你不悔改，還敢直呼爹爹的名諱！」

「他不是我爹！我早與他斷絕關係了！他是我的仇人！」

「既然如此。爹爹不必留情，就把他當個妖孽收服了吧。」大哥奉上一座袖珍塔形給爹，「這是我師父的鎮山之寶玲瓏寶塔，爹爹可用來收服這個不識人倫的逆子。」

寶塔裡烈焰赤赤，哪吒冷笑一聲：「李靖啊，李靖！你要燒我多少回？」

爹爹的臉上忽然閃過一種難以形容的表情，他沉聲說：

「你只要認錯了，我不為難你。」

「笑話！錯的分明是你，倒叫我來認錯？根本就是你技不如人，趁早認輸了，我或許還能饒你不死。」

「接招！」大哥、二哥一起出手，一陣眼花撩亂，我還沒看清楚，他們

倆已一起退了回來。

「這小子，妖術還真強！」

「李靖哪裡去？」哪吒見爹爹轉身，立即截斷他的去路。

「你這畜生！難道真要逼我出手？」

「出手不出手，我都饒不了你！」哪吒咬牙說。

我衝到他們兩人之間。

「小蕊兒！快讓開。」

「姊——你來做什麼？」

「爹爹！哪吒是為了要替您編護身甲，才抽了龍筋的啊，您是他最崇拜的人。哪吒！爹爹到現在還留著你的龍筋護甲，他從沒有忘記你啊，他把你趕出家門，也是為了要救你。爹是愛你的，你怎麼不明白呢？」我對他們喊著，聲嘶力竭的喊著，把全身的氣力都用盡了。

愛，為什麼這麼難以感受，難以表達呢？

爹爹和哪吒一起騰上天空，他們倆出手。玲瓏寶塔與火尖槍，一切都來不及了。

太乙真人揮揚起寬大的袖子，將爹和哪吒的動作凝結住。

這時我們才看清，爹爹的寶塔是倒著拿的，而哪吒的火尖槍矛尖朝下，他們根本就不想傷害彼此。

他們倆也看見了。爹爹和哪吒，在最後一刻，用自己的性命，與對方和解了。

哪吒與爹爹都流淚了，他們的淚水如同雨露，溫暖而微涼，靜靜的飄灑下來。空氣裡有著蓮花的清香。

尾聲

我的家庭……

我正幫著娘把她晾晒的魚腥草收進屋裡來，忽然聽見「呼嘍」一聲，有個東西從頭頂飛掠而過。

娘從「花藥坊」走出來，白淨的瓷碗裡，裝著一盅剛剛熬煮出來的鴛鴦百合茶，金黃色的汁液，煞是好看。

「小蕊兒。去後院找枴子嬤嬤，叫她喝下去。一天到晚找人打賭，喉嚨都喊啞了，真是的。」

「喔。」我接過碗來，正要出發，看見泥土地上一條翻滾的痕跡，「噗」的一聲，爹爹鑽了出來。

「靖哥！」娘皺眉頭說：「你這個總兵大人就不能光明正大的從大門進來嗎？非得這樣灰頭土臉的？讓你的同僚見了作何感想啊？」

「我今天休假啊。」爹爹左顧右盼，「哪吒還沒回來吧？」

「已經回來一會兒啦。」我說。

「呼嘍」，不就是騎著風火輪的哪吒嗎？連看都不用看，我就知道是他。

「唓！」爹爹好懊惱，「又輸了！」

「你是土遁，他是踩輪子。跟他比什麼啊？」

「話不是這麼說。我是爹，他是兒子，我總得贏他一次吧。我明明練得很快了，上次就差點贏過他啦，只差一點點，怎麼會……他該不會是抄捷徑吧……」

爹還在叨唸著，娘已經轉身進「花藥坊」了。

我也往後院去找楞子嬤嬤了。

「平頭！你說啊，誰會贏？哪吒還是金吒、木吒？」

「我說當然是哪吒啦！」

「我說是金吒、木吒！怎麼樣，要不要賭？」

「楞子嬤嬤！」我嚷嚷著：「娘給你熬了百合茶，還賭啊？你的聲音像男人一樣，真難聽。」

「喂！花蕊兒。你看是你哥哥贏？還是弟弟贏？」

「我才不跟你賭！」

我抬頭看著，在半空中飛來飛去的三個男生，他們的寶器交會，發出尖銳的聲音，碰撞出的火花，就像是在放著煙火一樣。可是，我總覺得他們打得太賣力，太認真了，有點性命相搏的意味。

「我要跟娘說。」我大聲對他們喊：「你們又打架了！」

一瞬之間，三條人影擋在我面前：

「誰說我們打架啦？」

「你們像拚命一樣，還不是打架嗎？」

「我們在練功啊。啊？是不是？」二哥一邊搭住大哥的肩，一邊搭住哪吒的肩。

「對啊。我們鬧著玩兒的。沒認真。」哪吒也幫腔。

「我才不相信呢。我告訴娘去！」

我轉身要跑，卻被大哥攔腰抱起。

「噯，花蕊兒去哪兒啦？」他裝模作樣的說。

一把將我扔給二哥。

「怪了，剛剛還在這兒啊，不曉得到哪兒去了。」

二哥東張西望的，又把我扔給哪吒。

「我好像聽見她的聲音，就是沒看見人呢。」

哪吒抱著我，揉揉眼睛。

「你們很討厭耶，放人家下來啦。」我大聲喊著。

我真說不清，我的家庭很奇怪，或是很可愛。我只是一直嚷嚷著：

「放我下來啦！」

附錄一

曼娟老師會客室

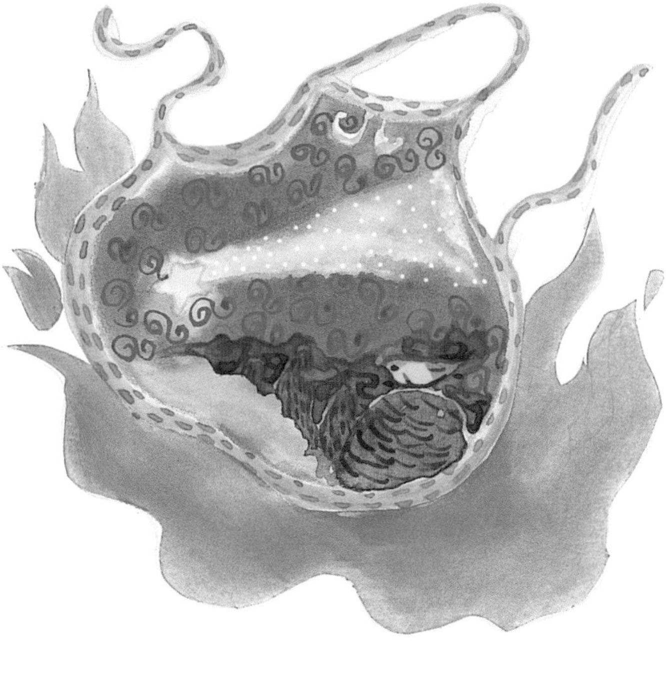

各位大朋友小朋友，讀完這個故事，你是不是也很好奇，土遁到底是什麼？哪吒有哪些厲害的武器，可以讓他打遍天下無敵手？你知道中國民間故事裡經常出現的「老配角」龍王，其實是來自印度的「舶來品」嗎？你知道曼娟老師改寫的故事，跟幾百年前的原著《封神演義》，有哪裡不一樣呢？

曼娟老師特別邀請她的好朋友林清盛，和大小讀者一起分享我們既熟悉又陌生的「哪吒的故事」，從千年前的《封神演義》，到現代版的《我家有個風火輪》，一起探索這穿越千百年時空的「故事裡的故事」……

哪吒與他的法寶

曼娟老師——看完故事後，大家應該都對李哪吒這個角色很好奇。

清盛哥哥——李哪吒除了是個小孩子的形象之外，他還有很多很好玩的玩具。

曼娟老師——對，我們要先介紹一下，其實李哪吒在臺灣還有一個大家很熟悉的名字「三太子」，清盛哥哥聽過嗎？

清盛哥哥——當然聽過，在臺灣民間，以及在一些傳統故事裡，都可以看到他的形象出現。

古文摘錄

李靖聽說，急忙來至香房，手執寶劍。只見房裏一團紅氣，滿屋異香，有一肉毬，滴溜溜圓轉如輪。李靖大驚，望肉毬上一劍砍去，劃然有聲，分開肉毬，跳出一個小孩兒來，遍體紅光，面如傅粉，右手套一金鐲，肚皮上圍著一塊紅綾，金光射目。

曼娟老師——這個三太子，就是哪吒三太子，因為他是李靖的第三個兒子，李靖是托塔天王，所以他就成了「哪吒三太子」。在臺灣民間，很多地方都有崇拜三太子的習俗，而且還有一些乩童（神會上他們身的人），他們會穿上紅色的肚兜，這是哪吒的第一個特徵。

清盛哥哥——而且，三太子上身時，乩童會發出像小孩般的聲音。李哪吒還有一個非常有趣的配件，就是風火輪。

曼娟老師——有時候，小朋友騎自行車騎得很好、很快，就會幻想自己彷彿就是哪吒，踩著風火輪。不過，在小說或民間故事裡，風火輪就真的是個輪子。

清盛哥哥——好玩的是，它除了是個輪子之外，還可以飛，而且還有火，直徑大約二十公分，厚度五公分，中間的地方可以噴火。哪吒踩在上面，他必須唸咒語、

施法，輪子才會動，讓哪吒騰空飛起。所以，哪吒不會飛，他沒有那麼好的武功，他要靠兩腳各踩一個風火輪，才能飛。

曼娟老師——他還有一些好玩的東西，例如隱身術。小朋友如果看《哈利波特》，就知道他有一件隱身衣，我也好想要一件！有了它，就可以隱身……雖然我還沒想過隱身後要做什麼！

清盛哥哥——嗯，這個問題小朋友倒是可以想一想。不過，哪吒靠的不是隱身衣，

古文摘錄

哪吒脫了衣裳，坐在石上，把七尺混天綾放在水裏，蘸水洗澡，不知這河乃「九灣河。」是東海口上，哪吒將此寶放在水中，把水俱映紅了；擺一擺江河晃動，搖一搖乾坤震撼。哪吒洗澡，不覺水晶宮已晃的亂響。

而是隱身術。他的隱身術是老師教他在身上寫下一道符咒，他在心裡唸了符咒，就可以隱身。他不用靠著隱身衣就可以消失不見，所以，哪吒和他的老師比哈利波特還要厲害！

哪吒的法寶，除了剛才提到的風火輪，還有拿在手上像矛一樣的火尖槍，以及為了要隱身等等，而需要的靈符祕訣。當然，還有一項，就是在這個故事中很重要的混天綾。

曼娟老師——混天綾就是我們在哪吒的雕像或畫像中，常常看到的那件紅色衣服，他的紅色肚兜。在小說中，哪吒一生下來，身上就裹著這樣一截紅布，後來媽媽就用這截紅布幫他做了一件肚兜，從此以後，他就一直都穿著這件衣服。他愈長愈大，這件肚兜也會跟著變大，就跟電影《綠巨人》裡的巨人穿的那條短褲一樣，非常神奇。不過，哪吒應該也很苦惱，因為他永遠不能買新衣服，只有這件混天綾可以穿！

清盛哥哥——他的法寶中，還有一項武器「乾坤圈」。

曼娟老師——乾坤圈也是他生下來時就套在手上了，就像個金鐲子一樣。他一直套著，並不知道乾坤圈很厲害，直到後來他和龍王三太子發生一些爭鬥，才發現乾坤圈可以拿起來，像飛盤一樣丟出去，還會變大，很厲害，也很好玩！

清盛哥哥——想像一下，如果你有一部玩具車，它可以變大，變成一部真實的車子，那多有趣！而且開出去玩很拉風、很炫，要跟朋友吃飯時，也不用找停車位，

古文摘錄

夜叉來到九灣河一望，見水俱是紅的，光華燦爛，只見一小兒將紅羅帕蘸水洗澡。夜叉分水大叫曰：「那孩子將甚麼作怪東西，把河水映紅？宮殿搖動？」哪吒回頭一看，見水底一物，面如藍靛，髮似朱砂，巨口獠牙，手持大斧。哪吒曰：「你那畜生，是個甚麼東西也說話？」

只要唸唸咒語，它就可以縮得很小，放在桌上就可以了，真的很棒！

封神演義

曼娟老師——我們現在看到的《我家有個風火輪》的故事，是根據中國古代很有名的章回小說改寫的。明朝時，有一部章回小說，有人說作者是許仲琳，有人說是道士陸西星，書名叫做《封神演義》（或《封神榜》），內容很有意思，寫到各式各樣的人、神和道士。

清盛哥哥——讀《封神演義》，讀到後來頭都暈了！因為裡面好多人、好多道士，還有好多仙姑，以及和藹可親的白髮老先生，他們的名字又都很長，不知道為什麼古時候的人要取這麼長的名字？往往四個字、六個字，甚至多達八個字。

曼娟老師——因為他們會給自己加上一些名號，加上名號後，看起來就好像很厲害的樣子，好像名號愈長，武功愈強。故事裡這些人物、道士、神仙，到最後都會和姜子牙下山，幫助周文王打敗暴君紂王。

現在大家看到的《我家有個風火輪》，和原來的《封神演義》有點不太一樣。原來的故事有點複雜，因為角色太多，我們用了比較簡單的方式，把故事重新改寫。所有在《封神演義》中比較重要的人物或是故事情節，我們都保留下來，那些複雜的、讓人頭昏的、搞不清楚誰是誰的部分，都刪掉了，比較適合小朋友閱讀。

哪吒這個在《封神演義》裡面出現的人物，在民間特別受到人們的喜歡，因為他是個「孩兒神」。很少有神是個小孩，通常都是大人，或是大人離開人世之後才變成神，像哪吒這樣的「孩兒神」，非常特別。我們現在看到的哪吒，永遠都是一

古文摘錄

夫人又淚如雨下，指哪吒而言曰：「我懷你三年零六個月，方纔生你，不知受了多少辛苦。誰知你是滅門絕戶之禍根也？」

個七歲小孩子的樣子。

也由於他的形象是孩童的模樣，因而成為保護小孩的神明。南方有許多地方，包括臺灣，都非常喜歡哪吒這個神，他們相信只要祭拜他，就可以驅邪、避難、壓煞，讓老百姓過著很愉快的生活。

清盛哥哥——哪吒也有生日，是在農曆的九月九日，非常好記，國曆的九月九日是九九重陽節。

龍王與水晶宮

曼娟老師——接下來要講的，是這個故事裡，一個跟「水」有關的神。現在如果問小朋友，知不知道水神（或海神）是誰，大家的回答都是「龍王」。不過，中國古

代的水神其實是河伯，迷信的人們甚至要把少女犧牲，祭祀河伯。

龍王是個舶來品，來自印度。佛教傳到中國後，帶來了很多的佛經與故事。這些大約是在唐朝左右的事。那時候好多佛經傳入中國，也有很多和尚不遠千里去西方求取佛經回來，重新翻譯，其中最有名的和尚，就是唐朝著名的唐三藏。這些重新翻譯後的佛經裡有很多故事，其中有一個神，就叫龍王神。

清盛哥哥——不僅如此，龍王神還分成：東海、南海、西海、北海，大家各管各的區域，分得很清楚，涇渭分明，並不是所有的海都歸一個神管。而且這些龍王是來到中國以後，才開始被分配去掌管不同的地方的。

古文摘錄

哪吒看見敖光，敖光看不見哪吒，哪吒是太乙真人在他前心畫了符籙，名曰：「隱身符。」故此敖光看不見哪吒。

曼娟老師——在中國古代，人們相信其他地方也住著河神。例如錢塘江，每年農曆八月中秋節時都會發生的「錢塘大潮」，好像整個錢塘江都在發脾氣一樣，所以大家相信錢塘江裡頭也住了一個龍王，叫做「錢塘君」。這個故事在唐朝的傳奇小說裡面也有，很精采。每一條河、每一片海洋，都有龍王住在裡面。

清盛哥哥——雖然大家都以為「龍」就是和中國有關，不過「龍王」的形象卻是舶來品。龍王住的地方「水晶宮」，是個晶瑩剔透，有珍珠、珊瑚、美麗魚兒的地方。在唐朝的小說中，已經將水晶宮的豪華與透明感表現出來了。

曼娟老師——這些東西原本就產在海裡，人們想像水晶宮的樣子，就想像海裡是被非常漂亮的水晶、珍珠、玉石、珊瑚這些東西堆砌而成。我們以前讀到的一些故事裡，也有像水晶宮這樣的地方。

清盛哥哥——不管是中國或是西洋的故事，水晶宮在海裡的世界都是必要而存在的，也提供人們很多想像力。大家很熟悉的童話故事《美人魚》，裡面就有一個像水晶宮這樣漂亮的宮殿。

曼娟老師——以前的人相信，龍王住在水晶宮，既然是龍王住的地方，那一定有各式各樣的稀奇珍寶，水晶宮一定像個大寶庫一樣，有說不盡的寶貝。我們讀《西遊記》的時候，也看到孫悟空到龍王那裡借寶器，他借了金箍棒，還惹出很多事來。

水晶宮裡還有巡海夜叉，例如長相奇醜的李無貌。他的長相嚇壞了花蕊兒，才又引出東海龍王的兒子被殺，還被抽了筋，憤而找李靖理論的這些事端。

古文摘錄

乃對敖光曰：「我今日剖腹剔腸，剜骨肉還於父母，不累雙親，你們意下如何？如若不肯，我同你齊到靈霄殿見天王，我自有話說。」敖光聽得此言：「也罷！你既如此救你父母，也有孝心。」

李家父子檔與奇門遁甲

清盛哥哥——李家的父子檔包括：父親李靖、大哥金吒、二哥木吒，以及弟弟哪吒。李家父子檔各有各的法術，例如李靖的「土遁」，就是人透過鑽進土裡，到達或逃竄到別的地方，像土撥鼠一樣，這在武俠小說中也很常見。這屬於中國古代的奇門遁甲，是用一些奇特的方法施行法術，達到自己想做的事。「水遁」也是同樣的道理。前面曾經提到、大家最好奇、也最想擁有的隱身術，也是奇門遁甲的一種。李靖擅長土遁，他雖然是個大將軍，卻因此經常土頭土臉的。其實，用現代的眼光來看，搭捷運也是一種土遁。

曼娟老師——在原來的小說中，李靖因為長年在外，和孩子之間少有機會建立親子關係。他是個缺席的父親，也不明白兒子對他的感情。對於哪吒，他是恨鐵不成鋼，進而拒絕兒子對他的情感，也不再對兒子付出情感。

所以當他知道他的孩子打死龍王三太子、還抽了龍筋之後，他心裡一把火，覺得孩子找他的麻煩。哪吒會抽龍筋，是為了給父親做護甲，父親卻只看見他的任性頑皮和闖禍，並沒有去想兒子為什麼做這些事情。

《我家有個風火輪》裡的拇指姑娘

曼娟老師——接下來要講的是曼娟老師最得意的地方。在寫《我家有個風火輪》的時候，我塑造了一個全新的角色——花蕊兒，是原著小說裡面沒有的。她的個子

古文摘錄

真人吩咐哪吒：「此處非汝安身之所，你回到陳塘關託一夢與你母親，在離關四十里，有一翠屏山，山上有一空地，令你母親造一座哪吒行宮；你受香煙三載又可立人間，輔佐真主。可速去，不得遲誤！」

非常小，像個拇指姑娘一樣。

花蕊兒不像哥哥們有法術、會武功；爸爸又是個大將軍，鎮守四方，很厲害；媽媽則像仙女一樣，會醫術，常常救治人、動物；她還有一個弟弟，生下來就有很多寶物，力大無窮，而且還比她高大。她永遠是個小不點，常常覺得自己什麼都不會，非常傷心。

其實，小朋友在成長過程中，最害怕的就是自己長不高。不過，本來有些人就是長得比較高，有的人比較矮；有的人比較胖，有的人比較瘦；有的人皮膚比較白，有的人皮膚比較黑，每個人都不一樣。可是這一點關係都沒有，因為每個人都有他不同的作用。

那麼，花蕊兒的作用是什麼呢？她完全沒有法術，看起來又沒有特別的本領，但是花蕊兒最討人喜歡的是，她最懂得每個人對她付出的感情，所以她都很珍惜，也很愛她身邊的每一個人，並且獲得她身邊每一個人的愛。她甚至可以看出來，爸爸是很愛哪吒的。能做一個懂得愛、也付出愛的人，才是最有價值的人。花蕊兒就是這樣一個人。

清盛哥哥——而且她也可以感覺到，爸爸和哪吒之間有一些誤會，沒有辦法解開，因此希望自己可以幫一點忙。我覺得這個故事最感動人的部分就是，花蕊兒看見父母親的愛，也看見弟弟的愛。

曼娟老師——她也非常勇敢。哪吒死了以後，被放在一間為他所建的廟裡，後來爸爸很生氣，去把那個廟和哪吒的雕像給燒了。廟和木像被燒了以後，哪吒的魂

古文摘錄

李靖縱馬至廟門，只見廟門高懸一匾，書：「哪吒行宮」四字。進得廟來，見哪吒形相如生，左右站立鬼判；李靖指而罵曰：「畜生！你生前擾害父母，死後愚弄百姓。」罵罷提六陳鞭，一鞭把哪吒金身，打的粉碎。

魄沒辦法聚攏，快要散了。這時候，全靠花蕊兒背著哪吒的木像，爬很多天到很高的山上，找哪吒的師父太乙真人救他。她個子那麼小，而且不像哥哥們有法術、武功，仍然獨自一人忍受各種痛苦和危險，終於讓哪吒重返人間。

花蕊兒很努力的自己一個人做了這件事。旅途之中其實並不順利，她受了很多的傷，又遇到很大的風雪，非常冷，但她心中只有一個想法，就是無論如何都不能放棄，一定要做到。

清盛哥哥——這也提供大家思考，我們除了可以去愛人，也要懂得堅持一件事情。不管是在路上碰到很多困難，或是在求學過程中有很多問題待解決，都一定要堅持下去，因為後方一定會有一個「太乙真人」在等著你、幫助你。

「愛」是最後的答案

曼娟老師——太乙真人用蓮花拼成哪吒的樣子，讓他重返人間。我們現在也會看見有些哪吒的畫像，下方會圍著一些蓮花，就是因此而來的，並不是由於宗教的因素。

可是，並不是哪吒重回人間，就馬上和他的父親重修舊好。在原著小說中，他們又發生了一場更嚴重的大拚鬥。在原著小說中，這場法術大拚鬥出現一個很可愛的道具，一個小寶塔。

在原著小說中，李靖與哪吒父子倆拚得你死我活，借這個玲瓏寶塔給李靖的道士告訴他，只要唸咒語，就能收服哪吒，將他關進塔裡面，再放火來燒。哪吒

古文摘錄

那日哪吒出外遊玩，不在行宮。至晚回來，只見山上一片坦洋，不獨行宮無有，連廟宇無存；山紅土赤，煙焰未滅，兩個鬼判含淚來接。

最後痛得受不了，向父親求饒，兩個人才和好。

這很像《西遊記》裡面的緊箍咒，有一方沒有辦法治另一方，就用一些辦法讓他覺得很痛苦，只好聽話。但我們不認為這是一個好的辦法。

清盛哥哥——其實，我們也可以將金塔當作一個讓雙方關係改變的東西，例如透過金塔，幫助彼此互相認識。在現代的社會裡，可能是藉由一本書、一個遊戲，或是藉由彼此都了解的興趣，例如孩子喜歡玩牌。爸爸藉由和孩子玩的過程，認識孩子的世界。

曼娟老師——因此，金塔其實是一種媒介，是一種可以化解父子之間冷淡關係，或縮短父子之間距離的法寶。

清盛哥哥——父子之間有誤會或衝突時，也許可以冷靜一下，多想想大家的生活

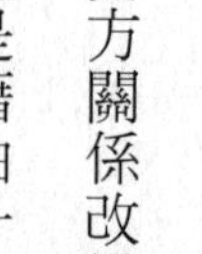

之中是不是也有座「金塔」？也許這個「金塔」是媽媽，也說不定。找出「金塔」是非常重要的，而不是雙方一直堅持己見，或繼續爭執下去。

曼娟老師——小朋友們也可以想想看，在你的生活裡面，和爸爸媽媽之間是不是有什麼樣的「金塔」？如果能找出這個法寶，就會讓你們之間的感情更親密。

在《我家有個風火輪》裡，我將故事做了一些改寫，扭轉了結局，讓父子兩人有機會看見彼此的愛，讓他們自動放下武器，心甘情願的輸了，去表達自己的感情。因此，到了最後一刻，哪吒要和爸爸對決時，兩個人都放棄了，都將武器丟到一旁，這表示：「我願意輸了，我不想做一個贏家，也不想打敗你，只希望你知道，我是愛你的。」

古文摘錄

哪吒曰：「李靖！我骨肉已交還與你，我與你無干礙的，你為何往翠屏山鞭打我的金身，火燒我的行宮？今日拿你，報一鞭之恨！」

因為，「愛」是一切問題最後的答案。

來賓簡介

林清盛

花蓮人，東吳中文系畢業。前News98電臺「阿貓阿狗逛大街」節目主持人，現主持飛碟聯播網太魯閣之音「花現193」節目。從小過著有動物相伴的生活，跟著父母養猴、飼龜、育兔，還有環頸雉。十二年相伴的狗狗貝克漢離開後，不知何時會再養狗或當個貓友。

古文摘錄

「黃金造就玲瓏塔，萬道毫光透九重；不是燃燈施法力，難教父子復相從。」

附錄二

曼娟老師私房教案

親愛的朋友，每次讀完哪吒的故事，都讓人聯想起自己和家人或朋友間的關係，有時候我們自以為表達了愛，沒想到對方卻感覺是傷害，就像哪吒和父親李靖的關係一樣。讀完了這個故事，你也可以跟身邊的好友、老師、爸爸、媽媽一起分享心裡的感受。下面這些問題，或許可以幫助大小讀者們，更深入的討論與分享：

一　你有兄弟姊妹嗎？他們是你的好夥伴嗎？如果沒有兄弟姊妹作伴，你會感覺有點孤單嗎？孤單的時候，誰與你作伴呢？

二　你希望擁有怎樣的兄弟姊妹？如果兄弟姊妹比你聰明或高大，你會羨慕他嗎？你希望長大以後，變成什麼樣的人？

三

你知道自己有哪些長處和優點嗎？每個人都有長處或優點，如果能夠發現別人的優點，這也是一種才能。你能發現身邊夥伴的長處或優點，並且一一列下來嗎？

四

你平常和父母親有什麼樣的溝通方式呢？你們會聊聊天嗎？會一起讀一本書嗎？你希望怎麼樣和父母親共度理想的一天？

五

你覺得父母親是否了解你呢？他們有沒有誤會過你？你怎麼表達對於父母親的愛呢？父母親又是怎麼表達對於你的愛呢？

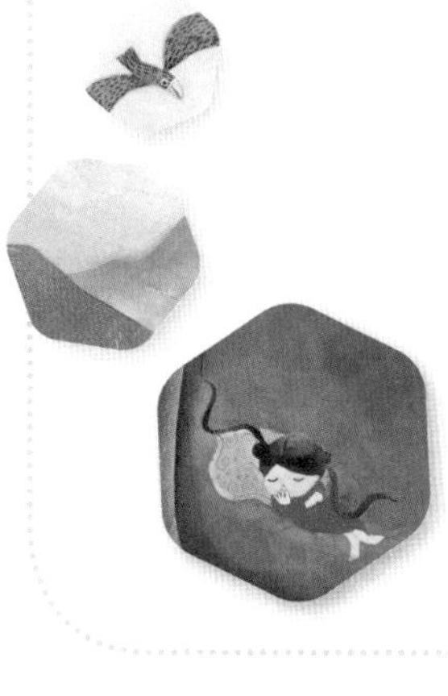

張曼娟奇幻學堂

我家有個風火輪

封神演義・哪吒的故事

策劃・作者｜張曼娟
繪　　者｜周瑞萍

責任編輯｜李幼婷
編輯協力｜張文婷、劉握瑜
特約編輯｜游嘉惠
視覺設計｜霧室
封面設計｜王薏雯
行銷企劃｜葉怡伶

發行人｜殷允芃
創辦人兼執行長｜何琦瑜
副總經理｜林彥傑
總監｜林欣靜
版權專員｜何晨瑋、黃微真

出版者｜親子天下股份有限公司
地址｜臺北市 104 建國北路一段 96 號 4 樓
電話｜（02）2509-2800　傳真｜（02）2509-2462
網址｜ www.parenting.com.tw
讀者服務專線｜（02）2662-0332 週一～週五：09:00~17:30
讀者服務傳真｜（02）2662-6048
客服信箱｜ bill@cw.com.tw

法律顧問｜台英國際商務法律事務所 ・ 羅明通律師
製版印刷｜中原造像股份有限公司
總經銷｜大和圖書有限公司　電話：（02）8990-2588

出版日期｜ 2017 年 7 月第一版第一次印行
　　　　　2021 年 6 月第一版第七次印行
定　　價｜ 320 元
書　　號｜ BKKNA001P
I S B N ｜ 978-986-94959-2-9（平裝）

國家圖書館出版品預行編目 (CIP) 資料

我家有個風火輪：封神演義・哪吒的故事 /
　張曼娟撰寫；周瑞萍繪圖. -- 第一版. -- 臺北
　市：親子天下, 2017.07
　176面；17×22公分. -- (張曼娟奇幻學堂；1)
(張曼娟學堂系列；1)
　ISBN 978-986-94959-2-9(平裝)
859.6　　　　106008900